2.50 2.50

LES AMANTS DE L'AU DELA

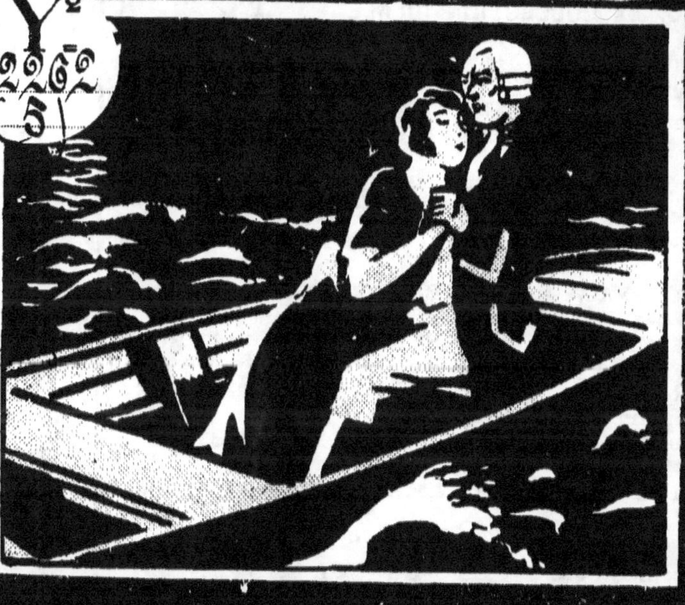

PAUL FÉVAL fils

Les Amants de l'Au-delà

EDITIONS RADOT
5, RUE EUGÈNE-MANUEL, 5
PARIS (XVIᵉ)

LES AMANTS DE L'AU-DELA

I

LA VIVANTE ET LA MORTE

M. de Talleyrand-Périgord. — Deux médiums sous la Restauration. — Caxton. — David Hammer. — La nièce de Wellington. — La main de Franklin. — Une lettre de Washington. — Sir Francis Nothumb. — Hélène Caxton et Hélène Ordener. — Corbeille de mariage.

... C'était grand jour chez la marquise. On devait avoir Martignac, Corbière, Vittèle, Chateaubriand, Richelieu, Talleyrand-Périgord et une jeune fille dont les triomphes précoces passionnaient alors le monde parisien, LA MUSE, comme on l'appelait déjà : la blonde, la belle, la noble Delphine Gay (1).

Mlle Gay, MM. de Martignac, de Talleyrand et Michel Garneray étaient les conteurs inscrits.

Parmi les dames, la princesse de Beauvau, Mme de Cayla, Tastu, la duchesse de D... et cette mignonne Naïvette, c'était le sobriquet de la jolie comtesse d'Anjorrand.

Vers neuf heures, la chambrée se trouvait complète.

M. de Talleyrand venait d'arriver et parlait avec sa belle nièce, Mme de D..., qu'il appelait plaisamment « son opposition ».

Naïvette avait déjà fait plusieurs mots.

M. de Martignac et Mlle Gay manquaient.

(1) Madame de Girardin.

— Prince, dit la marquise, sommes-nous prêts?

— J'attends et j'écoute de toutes mes oreilles répondit M. de Talleyrand, qui se carra dans son fauteuil, jetant d'un mouvemen brusque sa bonne jambe sur la mauvaise.

La duchesse de D... baissa ses beaux yeux, comme c'était sa coutume quand elle décochait un trait de Parthe.

— Mon oncle a oublié son tour, dit-elle, ou bien il veut nous faire croire à une improvisation.

En sa vie, M. de Talleyrand s'était moqué de toutes choses et de toutes gens. Il n'aimait pas la plaisanterie. Ses sourcils gris où il mettait de la poudre blonde se froncèrent déplorablement.

— Prince, dit avec résolution la marquise, je vous préviens que vous ne nous échapperez pas! Il nous faut une histoire!

Et tout le salon!

— Vous avez promis, vous payerez!

— Une petite aventure diplomatique, prince?

— Prince, une *comédie politique?*

La belle duchesse parlant la dernière ajouta :

— Chut! Mon oncle va nous conter une histoire édifiante!

Naïvette ouvrit de grands yeux.

— Et pourquoi non, madame? s'écria le roi des diplomates avec colère. J'en sais une qui enseigne les dangers du persifflage...

— Mais, s'interrompit-il en reprenant ce sourire historique auquel ses longues paupières demi-tombantes, donnaient une expression si dédaigneuse, je capitule. Voyons! ces dames entendraient-elles sans trop de répugnance, une aventure de l'autre monde?... Oui... ?... Vous voilà toutes ragaillardies à l'espoir de trembler un peu, rien qu'un tout petit peu... Belle nièce, je sollicite la paix et je commence :

Vous savez, mesdames, que j'ai habité le Nouveau Monde, soit pour y faire le *négoce*, comme le disent poliment mes biographes, soit pour tout autre objet. Les Etats-Unis d'Amérique sont un singulier pays, que nous connaissons très peu et surtout très mal. Je n'en veux point médire à cause de mon pauvre ami, M. le marquis de La Fayette, qui prendrait cela pour une personnalité.

On y parle à coup de pistolet, à coups de couteau, à coups de massue. On y fait faillite sans rire ni pleurer, comme ailleurs chacun mange son potage. Dieu n'y est pas nié, seulement, il a peu de crédit sur la place.

En revanche, on y croit à une barroque billevesée, à une idée creuse, qu'ils nomment le spiritisme et qui viendra bientôt chez nous. Cette chose est déjà en Angleterre. Voici quelques années, à Londres, chez M. le marquis de Waterford, j'entendis parler pour la première fois d'un *médium* nommé Caxton. Medium est un mot latin ou à peu près, qui exprime l'idée d'intermédiaire entre la vie et la mort. Vous le verrez un jour à la mode, comme le cirage anglais, les chevaux anglais et la moutarde également anglaise.

Ce Caxton était de Baltimore. Il conversait assez familièrement avec les âmes de Celse et de Galien; il faisait d'assez jolies cures. Il me mit une fois dans la main, la main du docteur Benjamin Franklin!...

— Qui est-ce que Franklin? demanda la candide Naïvette en voyant l'étonnement général.

— C'est l'inventeur du paratonnerre, qui mourut il y a une trentaine d'années, puisque l'assemblée nationale, sur l'invitation de Mirabeau, prit le deuil à l'occasion de son décès, en 1791.

— Et vous touchâtes sa main plus de trente ans après cette date? s'écria la marquise stupéfaite.

— Entendons-nous, belle dame, j'avais connu tout intimement cet homme illustre aux États-Unis. Il avait au doigt indicateur de la main droite une cicatrice très profonde, témoin irrécusable d'une blessure produite par le feu du ciel, lors de son fameux duel avec la foudre.

J'étais seul au milieu du salon de lord Waterford, lorsque Caxton, qui me tenait la main droite, évoqua l'esprit de Franklin.

Je ne vis rien, absolument, mais j'entendis un soupir,

et je sentis, à l'aide de ma main gauche, une main très froide au doigt indicateur de laquelle était en creux la cicatrice de Franklin.

— Est-ce possible! murmura-t-on à la ronde.

— Prince, demanda le comte de Corbière, affirmez-vous cela sérieusement?

— J'ai dit. Pourquoi affirmer? repartit M. de Talleyrand avec quelque hauteur.

Le ministre et lui n'étaient pas absolument cousins.

— C'est que vous raillez parfois... risqua la marquise.

Le conteur eut un haut-le-corps.

— Souvent... amenda M. le duc de Richelieu.

M. de Talleyrand lui fit de gros yeux.

— Toujours!... rectifia la belle duchesse.

— Jamais! prononça gravement le prince. J'ai dit la pure vérité toute ma vie. Ce n'est pas ma faute si tout le monde la prise pour une moquerie... Le second médium que j'ai vu était un Américain encore : un grand jeune homme pâle, avec une tête rase de puritain et une longue barbe blonde.

Ceci est enfin mon anecdote :

Caxton faisait toucher la main des morts; David Hammer, lui, faisait voir les trépassés.

Il les montrait habituellement dans une glace. — Quand il le fallait, ou quand on l'exigeait, il les montrait sans miroir.

L'histoire est d'hier. Elle est triste et tendre. Je voudrais trouver, pour vous la dire, les enchantements que met dans son style mon très cher ennemi, M. le vicomte de Châteaubriand.

Je vis David Hammer à Apsley-House, chez sa Grâce le duc de Wellington, où il donnait une séance pour de l'argent. Ici, ne me demandez plus si je crois ou si je ne crois pas. Qu'importe cela? J'ai vu. J'affirme que j'ai vu.

Au moment où j'entrais chez Sa Grâce, Hammer était devant un miroir qu'il couvrait presque entièrement de ses deux mains étendues, de façon à ce que les deux pouces se touchassent par leurs extrémités. J'ignorais jusqu'à l'existence de cet homme et je suis peu versé

dans les pratiques de ses pareils; néanmoins, du seul
et du premier coup d'œil, je devinais quelle était la
nature de son travail.

Je choisis mes mots avec soin, parce que je veux
exprimer rigoureusement mon impression; il faut donc
prendre ce que je dis au pied de la lettre; je ne vis
rien que lui dans le salon; tous les visages de l'assemblée nombreuse et illustre me furent cachés par sa présence. Le duc de Wellington lui-même, qui était précisément devant moi, disparut à mon regard, fixé sur
le miroir, *à travers sa propre personne!*

Je n'explique pas, je constate. Le miroir m'attirait
comme un prestige, passionnément, irrésistiblement. En
toute ma vie, je ne me souviens pas d'avoir éprouvé un
désir si vif, ni si indépendant de ma volonté. Je voulais savoir!

Comme état physique, je me sentais très faible, mais
j'éprouvais une sensation de légèreté si extraordinaire,
qu'il eut suffi, selon moi, d'un souffle d'enfant pour me
déplacer comme une plume.

David Hammer me présentait son profil perdu et ne
pouvait me voir, du moins, avec les yeux de son corps
— mais il me sentait, si je puis employer cette expression, — ou bien, il me voyait à l'aide d'organes autres
que ses yeux, car il essuya la sueur de son front en
disant :

— Celui qui vient d'entrer l'a connue!

Qui, je ne savais encore. Mon cœur était serré, ma
situation me faisait mal.

— Oui, prononça le maréchal-duc à voix basse, vous
dites vrai; M. le prince l'a en effet connue, sa présence
entrave-t-elle votre opération?

— Non... murmura David Hammer, non! seulement
sa présence agit sur moi. Charles-Maurice de Talleyrand-Périgord, prince de Bénévent, est un très puissant
médium.

Je tressaillis à cette déclaration et mon nom prononcé m'éveilla. Je subissais, en effet, depuis mon entrée une sorte de demi-sommeil. En ce moment, la
figure de Sa Grâce, qui était à trois pas de moi, me

sauta aux yeux et je vis les regards de l'assemblée fixés
sur moi. Tout vieux que je suis, j'ai de la timidité
devant la menace du ridicule, je me sentis rougir et
je murmurai en ricanant :

— Alors, je suis sorcier sans le savoir, comme
M. Jourdain faisait de la prose!

Hammer se tourna vers moi et me regarda d'un air
courroucé. Ces choses sont difficiles à dire. Je sentais à
colère en moi-même bien plus encore que dans ses yeux,
et je me repentais vivement d'avoir plaisanté. J'avais un
désir, un besoin plutôt de conjurer cette colère. Je
m'approchai de Hammer dans le dessein assez bizarre
de lui présenter des excuses; je n'en eus pas le temps.

Il inclina le miroir vers moi, et je vis, à travers ses
doigts, de grandes boucles blondes qui entouraient un
front pâle de jeune fille.

— La voici! m'écriai-je en m'appuyant sur le maréchal-duc, car mes jambes fléchissaient. Elle est là! je
la reconnais... toujours belle!...

Le duc me repoussa d'un mouvement violent. Il voulut
voir à son tour.

Il se pencha au-dessus du miroir et ne vit rien.

Je dois mentionner cette circonstance que, suivant les
règles du « spiritmaury », le miroir magique de Hammer parlait seulement à la personne pour qui l'évocation se faisait.

Il y avait eu évocation faite pour le duc de Wellington; c'était Sa Grâce qui aurait dû voir et non point
moi.

Cependant, je voyais et Sa Grâce ne voyait pas.

Qui avez-vous vu? me demanda le duc d'une voix
profondément altérée.

— Je vois Anna-Mary Wellesley de Mornington, votre
petite nièce.

C'était la fille de lord Georges, fils du marquis de
Wellesley, frère aîné de sa Grâce.

Il y eut une longue rumeur dans le salon.

Depuis que j'étais entré, nul n'avait prononcé le nom
de Miss Anna-Mary.

— Vous saviez qu'elle était morte? prononça le duc
à voix basse.

— Oui, milord. Milord votre père m'avait annoncé,
l'automne dernier, cette triste nouvelle.

— Ah! oui, bien triste, murmura-t-il tandis que ses
paupières battaient pour refouler ses larmes. Mary était
ma filleule... Elle a emporté la joie de la maison!

Il se tourna vers le miroir et poussa un grand cri.
Robert Peel n'eut que le temps de s'élancer pour le soutenir dans ses bras.

Il avait vu, lui aussi.

Quand il recouvra ses sens, il refusa de répondre à
toutes questions et défendit que cette circonstance lui
fut jamais rappelée.

Je me rencontrais plusieurs fois avec lui, les jours
suivants. Il ne me parla que d'affaires.

Mesdames, je n'étais pas venu précisément à Londres
pour voir des sorciers ou des mortes. J'oubliai bien vite
David Hammer et je déclare qu'au moment où je revins
à Paris, après avoir mené à bonne fin la plus laborieuse
de toutes mes missions diplomatiques, on m'aurait
étonné moi-même en me rappelant l'aventure d'Apsley-
House. — A Paris, bien entendu, je repris mon semblant
de petite opposition contre le gouvernement que je
venais de servir en secret, et tout alla comme devant.

L'histoire, sur les documents que lui fourniront mes
ennemis, et surtout mes amis, me décernera un brevet
de versalité politique. On ira peut-être jusqu'à m'accuser
de trahison, parce que je n'ai jamais cru être lié à un
seul maître qui s'appelle la Patrie.

Quinze jours après mon arrivée, je trouvai, un soir en
rentrant, une carte qui portait le nom de sir Francis
Nothumb, baronnet.

Il y avait au bas, ces mots écrits à la mine de plomb :

« Sir F. Nothumb est chargé de remettre à son excellence, une lettre de Georges Washington. »

Cela me frappa médiocrement. Quelqu'un de mes
amis de Londres, m'envoyait sans doute cette pièce pour
une collection d'autographes. Je mis la carte sur ma
table de nuit et je me couchai. Le sommeil me prit tout

de suite ce qui est contraire à mon habitude. A peine
endormi, j'eus un rêve tellement bizarre, qu'il me faut
vous le raconter.

Je vis Caxton, de Baltimore, notre premier médium :
celui qui m'avait fait toucher la main de Franklin : Je
ne saurais dire à quel signe je reconnus qu'il était mort,
mais il était mort. Il marchait vers moi à pas comptés,
tenant par la main sa sœur Hélène qui était morte aussi.

Je note en passant, que j'ignorais l'existence de cette
sœur Hélène, dont, au grand jamais, je n'avais entendu
parler. Cependant, je la reconnus comme personne qui
m'eut été familière; il y a plus : je sentis pour elle un
ancien et tendre intérêt.

C'était une belle jeune fille, de taille frêle et haute, sa
physionomie exprimait une mélancolie pleine de charme.
Au milieu de son front pâle, il y avait un trou de forme
ronde. bordé d'une mince lèvre violette Le fait ne me
surprit nullement. C'était un trou de balle. Dans mon
rêve je savais qu'Hélène avait été assassinée par une
rivale, sur le seuil même de la maison de sir Francis
Nothumb, son fiancé!

Observez que la carte de sir Francis Nothumb m'avait
dit, ce soir, son nom pour la première fois.

Le rêve dura toute la nuit, présentant cette singula-
rité que Caxton et sa sœur Hélène *ne cessèrent de
marcher vers moi sans jamais m'atteindre.*

Je fus réveillé, et il était déjà grand jour, par mon
valet de chambre qui venait m'annoncer la visite de sir
Francis Northumb. Je donnais l'ordre de l'introduire. Je
vis un grand jeune homme aux traits doux et comme
effacés : le jeune homme de mon rêve.

Ses yeux bleus, demi-voilés par une longue paupière
semblaient craindre la clarté. Il était triste et surtout
timide jusqu'à la souffrance.

Il me tendit une large enveloppe sur laquelle mon
nom et mon adresse (mon adresse actuelle) étaient écrits
de la propre main de Washington.

Je n'avais pas à m'y tromper. Depuis sa retraite du
pouvoir jusqu'à sa mort, Georges Washington et moi
nous avions entretenu une correspondance fort active.

Lors de son décès arrivé en 1799, j'attendais de lui une réponse.

Cette réponse était contenue dans l'enveloppe que j'ouvris d'une main un peu tremblante. Elle m'arrivait après un quart de siècle écoulé et portait la date du 19 août 1826.

L'idée d'une supercherie me vint, mais quel eût été le motif du jeune Nothumb? Et d'ailleurs, avait-il la tête d'un mystificateur? Il jouissait d'une très grande fortune et la lettre réglait des intérêts assez minces, qui étaient ni les siens, ni les miens.

Je lui demandai d'où il tenait cette lettre, et je m'attendais presque à la réponse, car le rêve de ma dernière nuit me préoccupait invinciblement.

— C'est Hélène Caxton qui me l'a remise, me dit-il.

— Avant votre départ de Londres?

— La veille de mon départ.

Il ajouta en rougissant :

—Depuis que je suis à Paris, je ne la *vois* plus si souvent.

J'avais répugnance à lui demander si cette **Hélène** était morte, mais mon désir fut plus fort, et je tournai la question de cette façon :

— Comptez-vous bientôt vous marier avec miss Caxton?

Il me regarda d'un air étonné, puis ses grands yeux se remplirent de larmes.

Sir Francis Nothumb n'était certainement pas un fou, poursuivit M. de Talleyrand, mais il vivait dans un monde qui n'est pas le nôtre. La pensée en lui, marchait avec une lenteur telle, qu'il en résultait une gêne pour autrui. Sa présence m'embarrassait en même temps que sa personne m'inspirait de l'intérêt. J'hésitais auprès de lui, comme il m'est arrivé de le faire en face d'un petit enfant : ne trouvant sur mes lèvres que des phrases au-dessus de sa portée.

— Est-ce la première fois que vous venez à **Paris?** demandai-je encore.

— Certes, me répondit-il.

— Vous y venez pour affaires?

— Oh! répliqua-t-il très simplement, sans doute... une grande affaire. J'y viens mourir!

Avant que je pusse prendre la parole de nouveau, il tâta vivement la poche de son habit et s'écria :

— Mais je ne vous ai pas donné la lettre de Robert Peel!

Sir Robert me recommandait dans les termes les plus pressants, M. Nothumb, son jeune parent, héritier d'une immense fortune et victime d'une maladie bizarre, dont le chagrin était la source. La lettre de l'illustre baronnet, contenait un récit succinct de la mort de miss Hélène Caxton, assassinée d'un coup de pistolet par une femme. Il ajoutait que depuis cet instant, Nothumb, en proie à des hallucinations, croyait revoir sans cesse sa fiancée, *qui lui remettait même certains objets matériels.*

Robert Peel me suppliait de le lancer, fût-ce par force, dans l'intimité de quelques jeunes gens, qui pussent le distraire et chasser cette idée fixe dont la pente le conduisait tous droit à la folie ou au tombeau.

J'invitai Nothumb à dîner. Dès le soir même il fut mis en rapport avec une demi-douzaine de jeunes attachés, choisis avec soin et qui eussent égayé les damnés eux-mêmes. Mon devoir était accompli, mais il me plut d'aller ici plus loin que mon devoir, malgré le mot fameux qu'on me prête au sujet du zèle. Je fis du zèle une fois dans ma vie. Je pris à tâche de surveiller mes coquins d'attachés; je les poussai, je mis une véritable coquetterie à opérer la guérison de mon beau ténébreux.

Était-ce pour mon ami Robert Peel?... un peu... Pour l'étrangeté de mon rêve? un peu aussi... Pour sir Francis lui-même? Beaucoup.

J'avais conçu pour Nothumb une affection réelle, mais quelque peu étrange, comme tout ce qui tient de près ou de loin à ce récit. Il m'arrivait d'être visité par sa fiancée au milieu des occupations les plus importantes; son souvenir frappait si brusquement parfois à la porte de mon intelligence, que j'en tressaillais comme si une main eût touché mon épaule, ou serré mon poignet.

S'il est possible de juger soi-même sa renommée, je

me figure que le public ne me prête point une très grande faiblesse à l'égard des choses surnaturelles. Eh, bien! à cette époque, je vis l'heure où j'allais devenir visionnaire.

L'autre médium, David Hammer, celui qui imposait les mains aux miroirs, vint me trouver. Il était très pauvre. Il pratiquait le magnétisme de tréteaux pour vivre et traînait avec lui une malheureuse qui était *lucide*.

Il ne faudrait pas, mesdames, vous tromper à ces paroles de mépris. Je crois au magnétisme, un peu, comme je crois modérément à tout. Il ne faut ni être incrédule, ni trop croire. — Personne ne peut nier qu'on produise du feu à l'aide d'un caillou ou d'un briquet, mais ce feu n'a jamais réchauffé les pieds de personnes. — Ainsi du magnétisme : il existe et ne sert à rien par lui-même.

Un jour peut-être, il pourra trouver son utilité comme briquet, quand on aura tué les marchands qui le frelatent et les académies qui l'étouffent.

Je demandais à David s'il pouvait me faire voir Hélène Caxton dans son miroir. Il exigea de moi une somme assez ronde et me promit qu'Hélène viendrait à son appel, dans la nuit du samedi au dimanche suivant.

J'avais précisément, ce soir-là, chez moi, rue Saint-Florentin, une réunion diplomatique. Nothumb y vint et s'entretint avec l'ambassadeur de Russie, qui resta confondu de son érudition précoce et de ses excellentes études philosophiques.

J'avais oublié de vous dire, Mesdames, que sir Francis était un puits de science. Dugald Stewart, l'illustre élève de Reid, le maître de notre Jouffroy et aussi de M. Cousin, le regardait comme un psychologiste de premier ordre.

Je parle, bien entendu, de Théodore Jouffroy, le professeur, et de Victor Cousin qui remplaça Royer Collard dans la chaire de la Faculté des lettres, en 1815.

Quant à moi... Voici un point où vous allez me trouver décidément sceptique. Je crois beaucoup moins à la philosophie qu'au magnétisme.

Nothumb allait beaucoup mieux depuis quelque temps,

mais sa guérison, je le craignais, n'était qu'apparente.
J'en eus la preuve, ce soir. Il refusa de suivre l'ambassadeur de Russie qui voulait l'emmener à Saint-Pé-
tersbourg, et me dit, quand je l'interrogeai sur les
motifs de ce refus :

— C'est trop loin du cimetière de Richmund, où est
Hélène. Elle ne pourrait plus venir me voir...

Je ne saurais dire quel vague espoir j'avais en ce
David Hammer. J'attendais avec impatience la fin de
ma réception et dès que mes hôtes furent partis, je
montai en voiture à deux heures du matin qu'il était.

David perchait au cinquième étage d'une vieille
maison de la rue Saint-Paul, au Marais. Il n'avait qu'une
chambre pour lui et son « sujet ». Bien évidemment,
Paris ne lui était pas si bon que Londres.

Le « sujet » qui me parut être une très jeune personne, dormait sur un mauvais sopha, la tête tournée
contre le mur. David me montra sa misère d'un geste
majestueux, et me dit :

— Voilà où en est la science!

Il n'y a au monde que le mot liberté pour être traîné
plus bas que le mot science.

Ce sont de magnifiques mots — et robustes, puisqu'on
n'a pas su encore les tuer!

David imposa loyalement les mains à son miroir.
Je pense qu'il travailla de son mieux pour l'argent que
je lui avait donné, mais rien ne vint. Le miroir magique s'obstina à ne refléter que les dix doigts du magnétiseur et ma propre image. Le malheureux suait
sang et eau, car ils arrivent à être de bonne foi. C'était
en vain cette nuit. Miss Hélène ne voulait ou ne pouvait
quitter son cercueil de Richemund.

— Il faut s'y prendre autrement, dit Hammer, qui
essuya son front baigné.

Et il appela d'un ton de maître :

— Hélène!

Je pris cela pour une évocation et comme j'entendis
un bruit derrière moi, je me retournai avec la pensée
que j'allais voir Hélène Caxton.

Ce n'était que le « sujet » qui s'éveillait en sursaut à la voix de son patron.

Mais ne craignez pas de perdre un coup de théâtre, mesdames.

Le « sujet » était HÉLÈNE CAXTON...

— La morte! s'écria ici la marquise, organe de l'étonnement général.

— Je m'explique, répondit M. de Talleyrand, et, entre parenthèses, je ne cache pas que je suis positivement flatté de l'attention qui m'est accordée. On entendrait une souris courir!... Je m'explique : le « sujet » était le portrait exact de la jeune fille que j'avais vue dans mon rêve, cette nuit, où pour la première fois, j'avais entendu parler sir Francis Nothumb.

Je poussai un cri de stupéfaction, pendant que la jeune fille marchait vers moi. Ce cri attira son attention; quand elle me regarda, sa figure était en pleine lumière. Je vis une belle créature aux traits fatigués et pâlis, — qui portait au milieu du front, une cicatrice très apparente : ronde comme le trou d'une balle...

Il y eut dans l'assembiée un petit étonnement, et M. de Talleyrand se frotta les mains parce que Naïvette était extrêmement pâle.

— Mon Dieu, mesdames, reprit-il, l'ivresse du succès m'excuserait peut-être, mais je ne veux point que vous cherchiez le surnaturel là où il n'est pas.

Il n'y avait ici qu'une coïncidence extraordinaire. Avant de quitter la chambre de David Hammer, je fus fixé sur ce point.

Le « sujet » s'appelait bien Hélène, comme la fiancée de Nothumb, mais son nom de famille était Ordener. C'était la fille d'un pauvre Irlandais de Saint-Gilles. Elle avait exercé à Londres le métier d'ouvrière repasseuse, et, sa blessure lui venait d'un fer rond, à tuyauter, qu'une de ses camarades, prise de gin, lui avait lancé sortant du poêle. Elle n'avait de commun avec le général de l'Empire que son nom d'Ordener, mais n'était point de ses parentes.

Dès le lendemain matin, j'étais à l'abbaye Aux-Bois, où demeurait une respectable personne, amie de Mme

Récamier, la baronness Lawton-Percy de Ballynloe, qui s'intéressait autant et plus que moi à sir Francis Nothumb. Quand elle eut écouté le récit de mon étrange aventure, elle me dit :

— Reste à savoir si la ressemblance est réelle, car vous n'avez vu la véritable Hélène qu'en rêve.

La justesse élémentaire de cette observation me frappa. Ce doute ne me serait pas venu de lui-même, tant j'étais enfoncé déjà dans une confiance qui est, je dois l'avouer, tout l'opposer de ma nature. Mais dès que ce doute fut né, je me sentis en proie à une curiosité irrésistible.

La ressemblance existait-elle, oui ou non? Il me fallait à tout prix une épreuve.

Voici comment je l'obtins : je fis venir Hélène Ordener chez moi et je lui enseignai son rôle qui consistait seulement à descendre au jardin, à longer une allée découverte et à rentrer sous un massif.

J'avais, bien, entendu, convoqué sir Francis Nothumb. Je me plaçai avec lui à une fenêtre donnant sur les parterres et j'entamai une de ces conversations scientifiques qui avaient le privilège de le passionner.

Il était en train de soutenir avec chaleur une de ses thèses favorites, quand la jeune fille passa.

Je le guettais. Il pâlit mortellement, balbutia, puis s'arrêta court.

Puis, encore, tout son sang monta violemment à sa joue et je fus obligé de le saisir à bras-le-corps pour l'empêcher de sauter par la fenêtre.

Je mentirais si je disais que je fus étonné. J'avais d'avance une presque certitude. Je demandai néanmoins à sir Francis quel était le motif de son trouble. Il me répondit et voilà ce qui éveilla en moi une véritable surprise :

— Cher prince, je sens que je deviens fou!

Pourquoi cette idée de folie à l'instant où la réalité semblait donner un corps à son rêve? Ses visions maladives ne lui avaient jamais inspiré une crainte pareille et maintenant, qu'il voyait matériellement, la foi s'en

allait! L'énigme se posait de plus en plus obscure. Elle
devait avoir son explication prochaine et funeste.

A dater de ce jour, sir Francis Nothumb resta sous
le coup d'une noire tristesse, sa santé s'altéra visi-
blement.

L'excellente Lady Lawton-Percy, effrayée et se creu-
sant la cervelle pour trouver une planche de salut, me
dit un jour :

— Si nous ressuscitions cette Hélène?...

Je compris à demi-mot.

Cette pensée avait déjà voulu naître en moi et je
l'avais étouffée.

C'était bien un expédient de femme : romanesque et
hardi, mais désespéré. Hélène Ordener, en effet, « le
sujet », selon les apparences, n'était point digne de
s'appeler Lady Nothumb. A supposer même qu'il fut
possible de lever les difficultés légales et religieuses
qui, précisément, s'opposent à ce genre de supercherie,
le remède n'est-il pas pire que le mal?

J'hésitai. — Mais sir Francis dépérissait à vue d'œil.

Je donnai deux cents louis à David Hammer et je pris
chez moi Hélène Ordener qui était une véritable sauvage de Londres, ignorant le bien et le mal, ne sachant
pas la signification du mot honneur et connaissant très
vaguement le nom de Dieu. Il n'y a dans l'univers
entier qu'un abîme sans fond : c'est la barbarie de la
misère à Londres. Quiconque allumera un flambeau
dans ces atroces ténèbres, épouvantera le monde. Hélène Ordener était une fille de ces limbes horriblement
païennes, mais elle n'avait aucune méchanceté dans le
cœur, c'était au contraire une pauvre âme naturellement douce et soumise. Je la plaçai chez Lady Lawton-
Percy qui se chargea de l'instruire et de faire d'elle une
créature humaine.

Le temps pressait; sir Francis Nothumb ressemblait à
un fantôme.

Nous ménageâmes une entrevue. Son esprit était désormais si faible qu'il n'eut point d'étonnement. Il tâta
du doigt la cicatrice et resta longtemps assis près d'Hélène Ordener sans parler.

— Vaut-il mieux nous marier avant que je meure?... ou après? murmura-t-il.

— Puisqu'elle vous est rendue, Nothumb, objecta la baroness, pourquoi songer encore à mourir?

— Ah! je ne sais pas... dit-il; j'ai bien souffert!... Il y a si longtemps que j'attends!

Je perdis espoir dès cette première épreuve, mais le dévouement de Lady Lawton-Percy s'acharna. Hélène s'était prise d'une tendre compassion pour ce jeune homme si malheureux et si beau. Elle jouait admirablement son rôle. Au bout de deux à trois jours, il y avait un peu de mieux dans l'état de Nothumb, et nous le vîmes encore une fois sourire.

Le 19 avril de l'année dernière, nous étions rassemblés tous les quatre dans le boudoir de Lady Lawton-Percy. Nothumb détaillait avec un plaisir d'enfant le contenu de la corbeille de mariage qu'on venait d'apporter. La fatigue le prit, il alla s'asseoir sur le sopha, tandis qu'Hélène restait auprès de la corbeille.

— Prince, me dit-il, d'un ton très calme, elles sont deux maintenant... Voyez!

Son regard me montrait la corbeille. Hélène Ordener était seule auprès du guéridon et ne prenait pas garde, occupée qu'elle était des dentelles et des parures. J'examinai très attentivement Northumb, dont le pâle visage exprimait la plus complète sérénité. Il me sembla seulement que la pupille de son œil était plus terne et plux fixe.

— Pourquoi n'y a-t-il pas deux corbeilles? me demanda-t-il sans s'émouvoir.

La bouche béante et muette de la baronness d'interrogeait. Que répondre? Je demeurai immobile et silencieux, pris jusqu'au fond de l'âme par cette attente solennelle qui précède les catastrophes.

— Hélène! appela Nothumb.

Elle quitta aussitôt la corbeille et vint s'asseoir auprès de lui sur le sopha. Il lui donna sa main droite.

— Hélène! appela-t-il encore et à plus haute voix.

Sa jeune compagne le regarda étonnée.

— Je suis là, répondit-elle.

Il fit un geste d'impatience et appela pour la troisième fois :

— Hélène!

Ses sourcils étaient froncés comme ceux du maître à qui l'on n'obéit pas assez vite. Mais bientôt tous ses traits se détendirent, exprimant le calme du désir satisfait. Il n'était pas tout à fait au centre du sopha. Il se pressa contre Hélène Ordener, faisant place à l'autre Hélène qui s'assit auprès de lui...

— Vous la vîtes? s'écria impétueusement Mme la Marquise au milieu de l'assistance silencieuse. Vous vîtes l'autre Hélène?

— Non, pas avec mes yeux, répondit M. de Talleyrand-Périgord, mais avec mon esprit, aussi clairement et aussi complètement que je vous vois maintenant devant moi, Madame!... Nothumb, qui avait donné sa main droite à la vivante, donna sa gauche à la morte, dont je devinais en quelque sorte le spectre invisible... *Deviner* exprime mal! *Invisible* est menteur, puisqu'ils étaient trois, pour moi, sur le sopha dont Nothumb occupait le centre.

Trois! les deux Hélènes et Nothumb.

Il se tourna vers Hélène Ordener. Il était bien vivant. Puis, par un mouvement lent, — très lent, — presque invisible, il se retourna vers Hélène Caxton — vers la place vide, si vous voulez. — En tournant, ses joues se creusaient. Son dernier mouvement fut de reprendre sa main à *la vivante* pour la donner à *la morte* qui les eut alors toutes les deux.

Sir Francis Nothumb n'était plus!

Lady Lawton-Percy de Ballynloe venait de s'évanouir dans son fauteuil. J'allais à elle, et quand elle reprit ses sens, nous étions seuls avec le cadavre.

Hélène Ordener avait disparu.

Dans le silence qui suivit, vingt demandes d'éclaircissements firent explosion à la fois. M. de Talleyrand-Périgord jeta brusquement sa mauvaise jambe sur la bonne et promena tout autour du salon un regard froid.

II

L'ÉCUSSON DES TOMBAL

Delphine Gay. — La famille des fantômes. — Sybille Tombal. — Un chevalier de Malte. — Sieyès. — Robespierre. — Dernière confession d'un voyant. — Comment Jean Tombal voyait. — Les clous. — Les rêves. — Duels à l'épée et au vin.

En ce moment, la porte du salon s'ouvrit. Le superbe valet de chambre de la marquise introduisit une femme, jeune encore, qui précédait une toute jeune fille.

Celle-là était la beauté même, la noble et sereine beauté qui crée les poètes comme le sourire de Dieu. Elle semblait grande comme la Muse et marchait dans un rayon, sous la splendide parure de ses cheveux blonds.

Elle s'appelait Delphine Gay, avant d'avoir nom Delphine de Girardin.

— Delphine vient de lire des vers chez Mme la duchesse de Berry, dit sa mère pour excuser le retard.

La belle jeune fille était émue encore et toute pâle, en effet, de son récent triomphe.

— Vous arrivez à temps, ma chère enfant, répliqua la marquise; c'est précisément votre tour...

— Ah! permettez, interrompit M. de Talleyrand vivement. Je n'ai pas renoncé à la parole! Selon la coutume invariable des virtuoses qui se font prier, maintenant que j'ai commencé, je vais vous jouer toutes mes sonates.

Je recommence...

— Dites-nous au moins ce que devint Hélène Ordener? s'écria la duchesse.

Delphine Gay, qui était en train de s'asseoir, releva la tête à ce nom.

— Hélène Ordener! répéta-t-elle sur un ton de profonde surprise. A-t-on parlé ici d'Hélène Ordener?

Tous les regards avides furent à l'instant fixés sur elle.

— Vous l'avez connue? demandèrent vingt voix.

Mais M. de Talleyrand remit résolument sa mauvaise jambe sur le tapis, qu'il frappa en même temps de sa canne, dont il ne se séparait jamais.

— Etes-vous présidente, oui ou non, madame la marquise? demanda-t-il en feignant plaisamment de s'échauffer. Où est votre sonnette? Vais-je être obligé de faire ici, comme à la Chambre des pairs, quand je ne suis pas de pied en cap du même avis que ces messieurs du ministère?... On m'a forcé à débuter comme conteur. J'ai obtenu un demi-succès, je veux un succès entier... A l'ordre les interrupteurs!... Ecoutez!

Il était une fois une famille toute composée de fantômes...

— Prince, voulut interrompre la marquise, qui n'admettait dans son salon que des conteurs, si vous avez fantaisie de railler...

— A l'ordre! chère madame, je suis sérieux et même lugubre. Cette famille, toute composée de fantômes, n'est pas de mon invention. Je vois ici de nombreux parents et alliés de cette race, qui eut des représentants à quatre croisades et qui donna à la France une vingtaine d'hommes de guerre, notables pour le moins, dont le dernier fut l'ami le plus cher et le père d'armes de M. le maréchal Maurice de Saxe.

Il s'agit de la maison Tombal du Quercreux, dont était Jean Tombal, mon bisaïeul maternel, — et aussi, madame la marquise, le brigadier Tombal de la Châce, dont le portrait pend à la boiserie, ici même, en face de moi...

Tout naturellement, les regards se dirigèrent vers le

portrait de ce brigadier Tombal, et M. de Talleyrand
favorisa ce mouvement en faisant une pose.

Le brigadier Tombal était, dans son portrait, un long
soldat raide, pâle et barbu, qui portait la cuirasse et
tous les harnais du temps de Louis XIII avec une salade
de ligueur. Il avait le poing droit sur sa hanche; sa
main gauche tendait un cartouche où était un écusson, timbré d'une couronne de vicomte.

— Veuillez regarder l'écu, mesdames, je vous prie,
poursuivit M. de Talleyrand-Périgord; mon cousin de
Noailles qui est grand va vous tenir un flambeau.

L'écusson du brigadier Tombal n'avait que deux
émaux; ces émaux tranchaient énergiquement l'un sur
l'autre. Il était « d'argent à la châsse de sable, clouée et
cerclée du premier ». Au-dessous courait la devise
latine : *Finis et principium.* En termes vulgaires, c'était
un champ blanc où se dessinait un cercueil noir, cloué
et cerclé de blanc. La devise voulait di e : *Ceci est
la fin et le commencement.*

— Avez-vous bien vu, mesdames? reprit le prince.
Ces armoiries ne sont pas d'une gaieté folâtre, mais
elles parlent. Tant pis pour notre chère marquise si
elle trouve malséant que je vienne, chez elle, lui apprendre l'histoire de ses portraits de famille.

Il y a une légende, elle est curieuse et je vais vous
la dire.

Ce fut une femme, poursuivit M. de Talleyrand, qui
donna aux Tombal ces funèbres armoiries. Sybille Le
Dœil, dame de Montfalcon, avait épousé en secondes
noces Aymeri Tombal, chevalier, seigneur de la Châce
et du Quercreux. C'était vers le milieu du XIIIᵉ siècle.
Les deux époux s'embarquèrent à Aigues-Mortes, avec
Saint Louis, partant pour accomplir son vœu en Terre
Sainte.

Sybille portait l'armure comme son mari; elle com-
battit à Damiette et à Mansourah, où elle protégea la
vie de son chevalier blessé contre toute une horde de
Sarrasins.

Après la captivité de Saint Louis, Sybille et le chevalier Tombal gagnèrent avec lui la Terre Sainte, mais,

au lieu de revenir en France, ils cédèrent aux suggestions de Jean de Brienne, qui régnait alors à Nicée et qui tâchait de son mieux à recruter des lances parmi les croisés.

Jean de Brienne s'éprit de Sybille qui, sous l'armure, était belle comme Clorinde. En ce temps-là, on ne se gênait pas à Nicée plus qu'ailleurs. Jean de Brienne, qui s'était déjà défait fort adroitement de l'empereur Baudoin, son pupille, donna le restant de la potion au chevalier Aymeri, lequel eut le chagrin de mourir dans son lit.

Sybille jura de le venger. Pour ce faire, elle entra dans le parti des Paléologues, des Cantacuzène et autres Comnène. Je vous avoue franchement que ces chroniques fétides de l'Empire d'Orient m'ont toujours tenu à distance; c'est pour moi la bouteille au noir.

Le fait certain, c'est que la vaillante Sybille avait déjà le don de seconde vue, qui devint si remarquable dans sa postérité.

On ne l'avait pas vue depuis la mort de son mari.

Par un soir d'hiver, en l'an 1250, un cortège entra dans la cour des vingt-quatre lions, au palais de Jean de Brienne. C'était une femme voilée et vêtue de deuil, précédant cinquante esclaves porteurs de présents.

L'empereur, songeant à la reine de Saba, qui vint ainsi visiter Salomon, commanda à ses gardes de mettre l'épée à la main afin que l'étrangère fut introduite en grande pompe.

Vous savez, mesdames, qu'il y avait, outre les gardes, pour défendre au besoin ces empereurs d'Orient, des lions de porphyre et des tigres de bronze doré. Les lions lançaient des flammes, en rugissant, dit-on; les tigres roulaient leurs yeux verts et aiguisaient leurs dents terribles.

Peu amateurs de ces merveilles de mécanisme, les Turcs farouches devaient détruire, bientôt après, toutes ces poupées à ressort qui eussent tant occupé les veilles fécondes de notre Champollion.

De toute la civilisation grecque, moi, je ne pleure que ces poupées.

La femme vêtue de deuil entra, suivie de ses porteurs de présents. Elle demanda, suivant l'étiquette emphatique des Byzantins :

— Puis-je parler sans mourir?

Les lions rugirent un peu et les tigres essayèrent leurs grimaces; ces pauvres animaux se croyaient dans leur droit; mais Jean de Brienne, qui était pressé de voir les cadeaux, leur fit signe de lui donner la paix. Il étendit en même temps son sceptre vers la solliciteuse, comme Assuérus fit pour Esther.

L'inconnue souleva son voile.

C'était Sybille, la veuve du chevalier Tombal. Ses esclaves apportaient un cercueil de cèdre, qu'ils déposèrent aux pieds de l'empereur stupéfait.

Sybille dit :

« Ceci est la fin du crime et le commencement de l'expiation! » *Finis et principium!*

Les gardes voulurent faire leur métier, mais ils étaient de porphyre et de carton comme les lions et les tigres.

D'ailleurs, chacun des cinquante esclaves tira une grande épée latine : c'étaient tous des chevaliers déguisés. Ils entourèrent Sybille et firent retraite en bon ordre.

Jean de Brienne mourut la nuit suivante, peut-être du saisissement qu'il avait eu. Toujours est-il qu'on jugea inutile de commander une châsse pour enfermer sa dépouille mortelle, puisque la bière de Sybille se trouvait encore au palais.

Michel Paléologue, proclamé empereur, renvoya la veuve du chevalier Tombal en Europe, et lui fit don de son nouvel écusson en même temps que de la vicomté de Famagouste, en Chypre, qui est restée soixante ans dans la famille...

— Prince, dit la marquise, on ne sait jamais si vous daignez être sérieux...

— Certes, riposta le fin diplomate; n'étant point Rohan, je daigne!

— Mon oncle, surfit la belle duchesse, a fait un livre bourré d'érudition, dans lequel il prouve que la statue d'Henri IV n'a jamais été sur le Pont-Neuf.

— **Puisque tout le monde** peut l'y voir, fit observer Naïvette, toujours sensée.

— J'ai fait bien d'autres livres, mesdames, repartit M. de Talleyrand avec une certaine complaisance, mais je prendrais pour exécuteur testamentaire, si son esprit veut bien s'y prêter, le bon calife Omar, le brûleur de manuscrits...

Je poursuis :

Vous savez donc maintenant les commencements de cette famille Tombal de la Châce à laquelle appartenait mon héros, — car mon histoire n'est pas même entamée. → Mon héros est tout simplement le citoyen Tombal qui fut le secrétaire de l'abbé Sieyès, l'un des trois consuls de brumaire, et plus tard, l'un des membres les plus énergiques du club des Jacobins. Je vous engage à vous rassurer pleinement. Il ne sera point ici question de politique.

Jean Tombal était le second fils du cousin germain de ma mère, M. le vicomte du Quercreux, qui vivait dans sa terre du Morvan à quelques lieues de Nevers. Ce n'était pas une famille très riche et cependant le père avait des goûts de représentation. Il tenait grand état quand il venait à Paris. Il fut question, vers 1770, du mariage de Mme de Valençay, ma sœur, avec Aymeri-Joseph, fils aîné du vicomte. J'avais seize ans.

Je me souviens parfaitement de ma première rencontre avec Jean Tombal qui était venu à Paris pour les préliminaires du mariage de son aîné. Il était chevalier de Malte et portait l'habit. C'était d'une manière frappante, ce portrait du brigadier Tombal que vous avez sous les yeux, seulement, il avait plus de maigreur et sa prunelle éteinte se cachait plus profondément sous l'orbite de ses gros sourcils.

Il était grand buveur, mais buveur taciturne et sombre; je ne l'ai jamais vu ce qui s'appelle ivre, et cela tenait à la quantité prodigieuse de spiritueux qu'il pouvait absorber sans perdre la raison. Quand on le forçait de parler après boire, il avait cette éloquence farouche qu'on prêterait à Torquemada orateur. C'était l'homme des violences religieuses; la croix, pour lui, ne pouvait refleurir en ce siècle impie, que si on la plantait jusqu'aux bras dans le carnage. Nous l'entendîmes, une fois, avec effroi, faire le procès de la Saint-Barthélemy, qui avait été une demi-mesure à son sens. Il fut sublime d'audace, de paradoxes et peut-être de vérité. Moi, qui avait des aspirations toutes contraires à ses fureurs, je l'aimais, cependant, et je l'admirais; j'étais fasciné par son éblouissante rhétorique. Je le poussais à parler et jamais il n'ouvrit la bouche sans m'étonner et sans m'instruire.

Cet homme était un abîme de science. Il parlait toutes les langues. Il avait fait des Saintes Écritures, pour son propre usage, une sorte de clavecin dont il maniait les touches avec une prestigieuse sûreté; ainsi des mystères égyptiens ou des théologies indoues.

Il savait tout, et il devinait loin encore par delà sa science.

Je me souviens que le vieux Voltaire, ce roi, comme disent ceux qui font de petits livres innocents sur le dernier siècle, je me souviens que le patriarche de Ferney voulut le voir et le provoqua, entouré qu'il était de sa cour, — comme Jean de Brienne, l'empereur, là-bas à Nicée, au milieu de ses gardes empaillés et de sa ménagerie de papier mâché.

Jean Tombal regarda ce petit homme, moitié de diable et moitié de macaque, de l'œil de brochet qui reconnaît le goujon de son prochain déjeuner. Il se laissa taquiner longtemps, si longtemps qu'il me vint à l'idée que mon colosse avait peur. Mais il s'éveilla tout à coup à la cuisson de je ne sais quelle morsure, et mettant le lourd talon de son éloquence sur la nuque du lama de l'école encyclopédique, il le laissa écrasé dans les rangs de ses mirmidons déconfits.

J'ai anticipé pour arriver à cette entrevue qui eut lieu vers le milieu du mois de mai 1778.

En sortant, Tombal me dit :

— Dans quinze jours, ce révolté fera sa soumission.

Voltaire mourut, en effet, le 30 de ce même mois et personne n'ignore les palinodies de sa dernière heure.

Le frère aîné, cependant, n'épousa pas ma sœur, qui

fut prise d'une maladie de langueur dans le courant de l'année 1771. Jean Tombal nous prédit sa mort, un dimanche matin en sortant de la messe. Elle succomba dans la soirée du lendemain, lundi.

Quelques jours après, à l'église, le chanoine Beaumesnil, confesseur de ma mère, prêchait l'Avent.

Jean Tombal me dit à l'oreille :

— Mme la comtesse (ma mère ne portait que ce titre) va encore avoir un grand chagrin.

— Pourquoi cela? demandai-je.

— Parce que son confesseur ne lui donnera point l'absolution samedi prochain.

C'était le samedi que ma mère allait à confesse. Je voulus avoir une explication. Jean Tombal ajouta pour toute réponse :

— M. le Chanoine n'en a pas pour quarante-huit heures.

Ce n'était pas la première fois que je l'entendais parler ainsi de mort, mais, si ses prédictions s'étaient toujours réalisées, je dois faire observer que, jusqu'à ce moment, elles n'avaient eu trait qu'à des personnes déjà malades.

Ici, c'était le contraire. M. le chanoine, — et je ne suis pas capable de railler ce qui est respectable, — avait absolument le physique de son emploi : une figure rosée, fleurie, resplendissante de force et de santé. Cependant, le surlendemain, il était en terre bel et bien.

Je revins à la charge et j'interrogeai Tombal, au sujet du mystérieux pouvoir qui lui permettait de prédire ainsi la mort. Il me cita un grand nombre d'exemples tirés de l'histoire ancienne et des chroniques du moyen âge. Comme j'insistais, il me raconta, sur le ton de la plaisanterie (et il plaisantait merveilleusement bien quand il voulait) la légende de Sybille Tombal et de Jean de Brienne.

Je ne pus obtenir de lui autre chose.

Il fit son voyage de Malte, je le perdis de vue jusqu'à l'époque de son entrevue avec Voltaire. On parlait en ce temps de le faire commandeur. Je le fréquentais

assidûment, me servant de lui comme d'un dictionnaire encyclopédique, pour un travail que je faisais sur
la concordance des Evangiles.

Je le trouvai, un matin, profondément endormi, à
l'heure où il était debout depuis longtemps d'ordinaire.
Je dois noter ici comme un trait de caractère que, malgré la position très honorable qu'il occupait dans le
monde et même à la cour, où il était fort bien, il habitait un méchant garni, situé au-dessus d'un cabaret
borgne de la rue Pierre-Lescot. Je pris la liberté de
l'éveiller, vu les termes où nous étions ensemble.

Il ouvrit les yeux et resta un instant comme ébahi,
puis, ses prunelles caves et ternes brillèrent tandis qu'il
me disait avec un véritable courroux :

— Que le diable vous confonde! Vous êtes cause
que je n'ai pas su la date!

Il se mit sur son séant et ajouta, les paupières humides :

— Monsieur mon frère et moi nous étions de bons
amis... de vieux amis!

— Est-ce qu'il est arrivé malheur dans votre famille,
chevalier? demandai-je.

Il ne me répondit point et désira déjeuner au cabaret.
J'avais mon carrosse à la porte, nous nous rendîmes à
la Ville-l'Evêque où était le fameux Esménard. Tombal
engloutit douze ou quinze douzaines d'huîtres en buvant
comme une futaille, cela le remit et il commença à rai-
sonner d'une façon fort extraordinaire :

— Me trouvant désormais le seul héritier mâle, me
dit-il, monsieur mon père ne souffrira point que je reste
de religion. Notre nom, à la vérité, n'est pas de ceux
qui éclatent dans l'histoire, mais il vaut, cependant, la
peine d'être conservé. Je me marierai à quelque fille
de bonne maison.

— Mais votre frère est donc mort, chevalier?
m'écriai-je.

— J'en recevrai la nouvelle aujourd'hui ou demain.

Il ne m'était pas permis de le prendre pour un visionnaire. J'avais par devers moi trop de preuves de sa
haute raison. Je crus bien plutôt avoir surpris son

secret : c'était en rêve qu'il recevait ces communications de l'autre monde. L'explication précise me manquait encore et le *positivisme* de ma nature se révoltait bien quelque peu. — Mais, en définitive, j'ai eu beau me révolter en ma vie, il m'a fallu croire à des choses que je ne m'expliquais point.

Le surlendemain, il me montra la lettre de son père qui lui annonçait la mort de son aîné et qui lui témoignait le vif désir de le voir aller en cour de Rome pour obtenir l'annulation de ses vœux. Il partit incontinent.

Je reçus de lui plusieurs lettres, une entre autres où il me chargeait d'une négociation ayant trait à son mariage avec notre cousine commune Mlle d'Espagnac. Je me mis en quête, car j'avais pour lui une véritable amitié. L'affaire des vœux rompus ne plut point à notre cousine, elle déclina l'honneur d'être Mme la vicomtesse de Quercreux, et l'affaire tomba dans l'eau.

A son retour de Rome, Jean Tombal, pressé d'en finir, épousa Mlle Loisian, fille du buvetier du jeu de Paume, de la rue Thorigny, au Marais. C'était une espèce de harpie, plus laide que tous les péchés mortels commis depuis que le monde est monde. Elle avait dix ans de plus que lui et le battit jusqu'à lui laisser de profondes cicatrices tout le long du corps. Son père lui envoya sa malédiction et vendit tout son bien. Personne ne put savoir et nul ne sut jamais depuis ce qu'il devint entre les années 1780 et 1787.

Nous voici arrivés à l'époque de mes erreurs, selon vous toutes, mesdames, et de ma gloire, selon d'autres. Je venais de faire amitié avec le comte de Mirabeau, amitié profonde et passionnée qui sera le souvenir de toute ma vie. Les premiers murmures de la Révolution grondaient, non pas au-dessous de nous, car ce peuple ne s'est jamais occupé d'une révolution que pour la défaire, mais bien autour de nous et parmi nous.

Je glisse et ne vous inflige même pas ce petit tableau synoptique d'usage : vous n'aimez rien de ce temps-là, qui fut comme une seconde naissance pour le monde. Cela se conçoit : vous étiez nés : c'étaient des millions de cadets qui grouillaient, criant déjà : Part à l'héritage! Mordez vos doigts charmants, puisqu'il n'est plus temps de mordre ceux de vos coquins d'oncles.

La révolution, passant comme des chars de bataille antiques qui étaient armés de faux, les a laissés dans les fossés à droite et à gauche du chemin. Mais ce sont eux, eux! je vous affirme sur l'honneur, eux, vos coquins d'oncles : M. le duc, M. le marquis, M. le comte, M. le vicomte, M. le chevalier, M. l'abbé, M. le président et M. l'intendant — eux tout seuls, — qui ont pris la peine de faire la Révolution française!

Il y avait juste huit ans que je n'avais entendu parler de Jean Tombal. J'avais appris, par-dessus les toits, le décès de son père, je pensais que Jean avait bien pu aller en Amérique avec M. de La Fayette, pour fuir les lendemains de sa lune de miel.

Sieyès me dit une fois :

— J'ai pour secrétaire une de vos anciennes connaissances, une sorte d'ours mal léché, érudit comme un dictionnaire, et qui a eu le malheur de tuer sa femme : affaire étouffée, grâce à Turgot qui était ami de la famille. Je parie que vous allez deviner : le mois dernier, ce drôle de corps se trouvait chez moi avec le pauvre Monnier, le président de Chambre. Monnier se portait comme vous et moi...

— Et votre homme a prédit sa mort! m'écriai-je; c'est le vicomte! c'est Jean Tombal!

— Est-il vicomte? me demanda Sieyès, étonné; il n'en a pas l'air; il me fait honte... J'ai vu bien des haillons, mais les siens sont la fanfaronnade du genre.

— Allons le voir, dis-je en prenant le bras de Sieyès.

Tombal était assis devant un petit bureau de sapin, dans le cabinet même où fut écrite la fameuse machine : « Qu'est-ce que le Tiers Etat? » Et je le soupçonne véhémentement d'y avoir mis la main, car c'était sa façon de contraindre la logique et d'entasser les arguments, comme Jupiter assemblait les nuages... Il avait beaucoup vieilli. C'était une tête d'un gris sale sortant d'un paquet de guenilles. Il rougit en me voyant; je crus que c'était de pudeur, mais je me trompais.

— J'allais vous écrire, me dit-il d'un air sombre. Retournez près de votre mère.

Je dus pâlir horriblement, car Sieyès s'élança pour me soutenir dans ses bras.

— Au nom du ciel, balbutiai-je, expliquez-vous, Tombal !

— A quoi bon ! répliqua-t-il durement ; puisque vous m'avez deviné... Si vous ne perdez pas de temps en chemin, vous aurez son dernier soupir.

Je pris la poste.

J'arrivai à Autun pour recevoir le pardon maternel et le baiser d'une sainte.

Ceci se passait au mois d'avril, en 1791. Le 30 du même mois, je reçus une lettre ainsi conçue :

« Revenez à franc étrier, Mirabeau va mourir ! »

Et pour signature, les deux initiales : J. T.

Mourir ! Mirabeau ! La force de géant ! La santé de fer ! La jeunesse, l'audace, le génie ! Etait-ce donc possible ? Je l'avais laissé crispant ses bras d'athlète autour des colonnes de ce temple que lui-même avait édifié. Les philistins remplissaient déjà ce temple. Il avait voulu s'arrêter, le conquérant de la pensée. Allait-il être écrasé sous les ruines de son œuvre ?

Non ! Mirabeau mourrait dans son lit, tranquille comme ma sainte mère.

Et la Révolution, débarrassée de ce modérateur qui l'allait saisir par la crinière, montrait déjà ses dents de louve et nous épouvantait de ses premiers hurlements.

Le citoyen Tombal quitta bientôt Sieyès pour se jeter à corps perdu dans cette orgie. Il acquit une certaine importance aux Jacobins et s'attacha définitivement à la personne de Robespierre. Quant à moi, j'eus ma mission à Londres, et de là, quand le ministère anglais m'eut expulsé, je passai en Amérique, n'ayant aucune vocation pour le sort que la France avait fait à la plupart des amis de ma jeunesse.

Ce fut seulement en 1796 que je revins à Paris, sur les instances du Directoire.

La veille du jour où commencèrent les pourparlers qui devaient se terminer par mon entrée au ministère,

mon valet de chambre vint me dire qu'un vieux gentilhomme, de l'aspect le plus respectable, mais qui ne
voulait pas dire son nom, demandait à me voir.

Il y avait encore, à cette époque, tant de services à
rendre, je ne dus point hésiter. J'ordonnai d'introduire
l'inconnu qui était un homme de grande taille, portant
avec distinction un habit modeste, mais propre. Je
remarquais surtout, dans le nouvel arrivant, l'admirable chevelure, blanche comme neige, qui couvrait son
visage long et pâle.

Je n'eus d'abord aucune idée de m'être rencontré
jamais avec ce gentilhomme, mais, dès qu'il ouvrit la
bouche, sa voix me fit tressaillir.

C'était Jean Tombal, le prophète de la mort!

— Maurice, me dit-il d'un accent triste et grave, je
viens vous demander l'hospitalité pour vingt-quatre
heures...

— Mon pauvre Jean... commençai-je.

— Ne vous engagez pas avant de savoir, Maurice,
m'interrompit-il, je vous préviens d'avance que ces
vingt-quatre heures seront employées ainsi : mettre
ordre à mes affaires et mourir.

— Un suicide, Jean!...

Il secoua la tête en souriant avec douceur.

— Ce que j'appelle mes affaires, c'est la confession et
la communion, dit-il; je n'en ai pas d'autres ici-bas. Le
signe qui m'annonce si souvent et si aisément la mort
des autres, m'a annoncé ce matin ma propre fin.

Je lui pris les deux mains en promettant de faire
tout ce qu'il voudrait. Il n'avait point de fièvre et ses
mains étaient fraîches.

— Maurice, poursuivit-il après quelques instants,
faites-moi donner une chambre et vaquez à vos occupations; je ne veux point vous gêner et j'ai un peu besoin
de me recueillir. Seulement, si vous voulez, nous sou-
perons ensemble et tout seuls. Il y a longtemps que
vous êtes curieux de savoir mon lugubre secret, je vous
le dirai. — Puis, je dormirai. — Puis ce sera le tour
du prêtre : *finis et principium!*

A sept heures du soir, nous prîmes place vis-à-vis

l'un de l'autre à ma table. Il n'y avait personne et je donnai l'ordre que ma porte fût fermée.

Je dois rendre cette justice au pauvre Tombal, de dire qu'il mangea comme un bon vivant qu'il était autrefois et but le double. Brunel, mon valet de chambre, avait l'air de l'admirer sincèrement. Le repas se trouva fin, quoique ma cuisine, toute neuve, ne fût pas très bien organisée, et je fis servir des vins qui avaient traversé sains et saufs les mauvais jours de la Terreur.

Cet heureux sort de mes vins m'a fait penser parfois qu'un homme ingénieux et poltron, à ces heures d'orage, pourrait s'épargner les ennuis de l'exil en descendant à la cave. L'idée n'est pas brillante, mais on en profitera.

Au dessert, je renvoyai Brunel.

— Votre vin est bon, me dit Tombal, non sans mélancolie. C'est le dernier que je boirais. Dans de pareilles circonstances, j'aurais été contrarié de n'avoir à ma disposition que de la piquette. Maintenant, causons jusqu'à l'heure de dormir...

Je n'avais jamais vu Jean Tombal plus tranquille que ce soir-là, poursuivit M. de .Talleyrand-Périgord, après un court silence que personne ne troubla. Il reprit avec cet aplomb de la critique savante qu'il possédait jadis à un si haut degré :

— De deux choses l'une : ou la légende de Sybille Le Dœil, femme d'Aymeri Tombal, n'est qu'une fiction, ou elle est fondée sur la propriété bizarre déjà possédée par les membres de ma famille. En 1170, plus d'un siècle avant Sybille, Archibald Tombel ou Tombal, un de nos auteurs, portait déjà une bière sur sa bannière. Feu mon oncle, le coadjuteur de Toulouse, m'a raconté à ce sujet des myriades d'anecdotes très surprenantes.

« Mon grand-père et mon père, pour ne parler que de ceux que j'ai connus, avaient la faculté de prédire la mort à coup sûr; mon frère également, mais d'une façon intermittente et à un degré plus faible. Elle me fut révélée à moi vers l'âge de douze ans, au séminaire de Novus, où je commençais mes humanités. Je vis une bière ouverte, — une châsse, comme on dit là-bas, —

2

entre moi et le vieux professeur qui me faisait réciter ma leçon. Je vins le dire à mon père qui m'embrassa en murmurant :

« — Tu n'as que du bon sang dans les veines, Jean!

« Le vieux professeur mourut et je fus trois ans sans rien voir. Vers ma quinzième année, je dis à mon père que ma vocation n'était point de rentrer en religion. Il me demanda pourquoi; je lui avouai un tendre sentiment qui naissait en moi : j'aimais la fille du cadet de Tombal, qui était de mon âge et qu'on élevait avec mes sœurs. Mon père était bon et doux pour moi, il ne refusa point de donner attention aux battements précoces de mon cœur. Il fit deux ou trois tours dans la chambre et me répondit enfin :

« — Il faut en écrire, à notre cousin, le prieur d'Auvergne.

« Et il ouvrit la fenêtre pour appeler l'aînée de mes sœurs, qui lui servait de secrétaire.

« Mes deux sœurs étaient dans le jardin avec Josèphe, ma cousine. Mon père, au lieu d'appeler, recula, puis il me dit, tout pâle qu'il était :

« — Jean, vous serez de religion!

« Je ne m'expliquais pas encore ce changement, lorsqu'il me fit signe d'approcher en ajoutant :

« — Voyez!

« Mes deux sœurs et ma cousine Josèphe brodaient autour d'un guéridon de pierre, sous les ormes qui bordaient la pelouse. Je n'eus pas plus tôt jeté les yeux vers elles qu'un cri d'angoisse m'échappa.

« — Que voyez-vous? me demanda mon père.

« — Deux châsses! répondis-je.

« — Deux! répéta-t-il en s'affaissant sur un siège.

« — Deux, monsieur... une devant ma cousine Josèphe, une devant ma sœur Emilie.

« C'était l'aînée et la préférée. Mon père murmura en se couvrant le visage :

« — L'enfant *voit* mieux que moi!

« Puis il demanda encore :

« — Comment sont faites les deux châsses?

« Je pleurais, mes larmes abondantes ne voilaient point ma double vision. Je répondis :

« — Exactement semblables à la bière qui est dans votre blason.

« — Voyez-vous les clous blancs sur le fond noir?

« — Je pourrais les compter, monsieur mon père.

« — Comptez, Jean!

« — Il y a cinq clous pour Josèphe, que Dieu protège, et dix pour ma chère sœur Emilie.

« Mon père murmura encore :

« — Moi, je n'ai jamais vu au delà d'une semaine!...

« Josèphe se mit au lit ce jour-là même et mon père me fit quitter le château. Josèphe avait une maladie contagieuse. Elle rendit à Dieu sa pauvre âme angélique au bout de cinq jours. Au bout de cinq autres jours, ma sœur Emilie la suivit au cimetière. — Moi, je fus de religion... »

Ici, Jean Tombal s'arrêta pour boire un large coup de Chambertin. Je profitai du moment et je l'interrogeai :

— Alors, dis-je, c'est le cercueil ou châsse qui est le signe principal?

— Je vois la bière entre moi et la personne qui doit mourir.

— Et le nombre des clous, si j'ai compris, indique le nombre de jours?

— Vous avez bien compris.

— Vous aviez vu quinze clous au cercueil de Voltaire?

— Et trois seulement à celui de Mirabeau.

Rien n'étonne comme le calme, la précision et la logique, quand il s'agit de ces choses, qui sont en dehors de toute raison. Je tombais de mon haut.

— Mais, demandai-je encore, votre frère aîné qui était à Nevers pendant que vous étiez à Paris?... et ma bien-aimée mère qui était à Autun?...

— Et bien d'autres! m'interrompit-il. Les absents viennent dans mes rêves et aussi leurs cercueils.

J'hésitai, car j'avais à poser une question plus délicate. Il vit mon embarras et se versa un grand verre de vin.

— Vous voulez savoir, murmura-t-il, si j'eus quelques avertissements pour l'histoire de ma femme que j'ai tuée, selon la rumeur publique? Il est vrai, d'abord, que j'ai tué ma femme, en second lieu, l'avertissement ne m'a pas plus manqué pour elle que pour les autres. Seulement il était de nature spéciale, et dans toute ma vie, je n'en pourrais citer qu'un second de cette sorte.

« C'était avant d'entrer au prieuré de la langue d'Auvergne où je commençais mon noviciat. Je rencontrai un gentilhomme en route, à l'auberge, et je me pris de querelle avec lui sous un futile prétexte; il fallut aller sur le pré. Je dois vous dire que, d'ordinaire, la châsse se couche en large entre moi et le condamné.

« Dès que nous tombâmes en garde, je vis la châsse entre moi et mon gentilhomme, mais elle était posée en long et me présentait par conséquent l'une de ses extrémités.

« Elle était toute noire et n'avait point de clous. Je compris deux choses : l'un de nous deux devait mourir ici, et la Parque était en suspens. Il n'y avait point de délai, la mort devait être instantanée. Je travaillais pour mon sang, morbleu! et je mis mon épée dans la poitrine du pauvre diable qui tomba.

« Comme il tombait, la châsse tourna et vint en large.

« Concevez-vous?

« Un soir, ma femme m'apporta le verre de vin que j'avais coutume de boire avant de me mettre au lit. Je vis la châsse entre elle et moi, en long et sans clou. C'était comme avec le gentilhomme; nous étions sur le terrain. Je lui ordonnai de boire le vin qu'elle m'avait destiné : je lui ordonnai cela le pistolet sous la gorge. Elle but. La châsse tourna. Ma femme mourut empoisonnée...

« Est-ce clair?... »

Comme s'il eut regretté ce verre de vin perdu. Jean Tombal en avala deux, coup sur coup, puis il reprit :

« Je crois que je devins un peu fou, dans toutes ces histoires de la Convention : il y avait de quoi; je mar-

chais entouré de cercueils. Au comité du Salut public,
où je tenais la plume pour le *Moniteur*, il y avait autant
de châsses que de lattes au parquet. Je me pris à voir
rouge et à penser que tous ces massacres étaient la
volonté de Dieu. D'ailleurs, j'admets tous les fanatismes.
Maintenant que je suis converti, je referais la Saint-
Barthélemy avec plaisir.

« En ce temps, vous le savez, j'avais deux admira-
tions : Danton et Robespierre. Danton valait mieux, mais
Robespierre criait plus fort. Ces deux êtres : ce chat-
tigre et ce lion, se haïssaient tout naturellement et
comme on respire. Lorsque Danton prit ses vacances,
qui devaient lui être si funestes, je me donnai tout
entier à ce colosse de plâtre qu'il appelait l'être suprême
et je travaillais tout une nuit pour composer le burles-
que costume de la déesse de la Raison.

« J'avais pitié un peu de l'ancien Dieu, qui avait du
bon, mais il fallait être à la hauteur.

« Ce géant de Danton revint après ses vacances et
je me mis en tête de réconcilier Robespierre avec lui.
Nous dinâmes tous les trois au cabaret; ils étaient en
face l'un de l'autre et moi en tiers. Je vis la châsse qui
coupait la table et qui allait de l'un à l'autre. C'était
encore un duel à mort.

« Je prévins Robespierre. Nous étions au 12 Germinal
de l'an II. Le 16, Danton porta sa tête sur l'échafaud
et je fis une maladie.

« Le 8 Thermidor de la même année, je prévins encore Robespierre, mais cette fois, la guillotine n'était
pas pour un autre. J'avais vu sa châsse clouée de deux
clous seulement. Je lui donnai un de mes pistolets,
quand il partit pour la séance où Tallien vengea Danton.

« Il fit usage de mon pistolet trop tôt; la châsse avait
deux clous; il ne put pas se tuer le 9 Thermidor, le
10 on l'acheva.

« Depuis ce temps, je copie des donations entre vifs,
des contrats de mariage et des testaments chez un
notaire... »

— Et comment avez-vous pu voir votre propre mort,
Jean? demandai-je, voyant qu'il ne parlait plus.

— Ah! ah! fit-il en soupesant le dernier flacon, toutes nos bouteilles sont vides... Non! ne sonnez pas! j'ai assez bu. Je ne veux pas avoir la fièvre pour une nuit qui me reste... Quant à mon affaire, voilà : c'est bien simple. Ce matin, je passais devant le miroitier du carrefour Gaillon. Il y a des glaces d'occasion à la porte. Dans l'une d'elles, j'ai vu la châsse et j'étais seul : la châsse avait deux clous. Bonsoir les voisins!

Le lendemain, mon ami Jean Tombal du Quercreux alla faire un tour à Saint-Roch, dont le curé avait été son condisciple; nous déjeunâmes ensemble. Sa santé me faisait envie; il était bâti pour vivre cent ans.

A trois heures de l'après-midi, je sortis pour me rendre chez Mme de Staël; elle était l'intermédiaire entre Barras, Carnot et moi. Je rentrai vers cinq heures. Il y avait foule dans la rue Saint-Florentin. Cette foule s'amusait à regarder un des balcons de mon hôtel, tombé du second étage avec la pierre énorme qui le soutenait.

Un homme se trouvait sur le balcon au moment de l'accident : on venait d'emporter son cadavre...

J'ai fini, cette fois, mesdames, car vous avez deviné le nom du mort, acheva le prince; je cède la parole à mon charmant successeur, qui va satisfaire votre curiosité, au sujet de cette mystérieuse Hélène Ordener.

Le cercle de la marquise était trop courtois pour omettre les remerciements et compliments; M. de Talleyrand-Périgord eut son dû, mais franchement ce ne fut pas long.

— L'histoire d'Hélène Ordener! l'histoire d'Hélène Ordener! demanda-t-on de toute part.

Et cette charmante petite comtesse d'Anjorrand, surnommée Naïvette, ajouta :

— C'est ça!

III

*Une aventure de M. de Maillebois. — La messe muette.
— Fortune. — La rue sombre. — L'église du rêve. —
Treize à table. — La lettre effarante.*

On ne peut dire que Delphine Gay, la délicieuse jeune
fille, fut timide. La timidité ne peut pas survivre à l'habitude du triomphe. Elle était du moins modeste, comme
il sied à son âge, et son beau sourire avait toutes les
grâces décentes.

— Mesdames, dit-elle, je suis à vos ordres, mais M. le
prince m'a pris, sans le vouloir, la moitié de mon
bagage. Comment lutter avec lui? J'avais deux histoires
que ma bonne grand'mère m'avait racontées, car je n'ai
rien vu encore par moi-même, et c'est auprès des vieilles
gens qu'il faut aller chercher les intéressants récits.
Laissez-moi vous dire ma seconde anecdote, elle ne vous
fera pas sortir de ce monde surnaturel où M. de Talleyrand vous a retenus avec tant d'art.

Ma grand'mère, Mme de Valette, avait connu fort
intimement M. le comte de Maillebois, petits-fils de Col-
bert et frère puîné du maréchal de Maillebois, qui fit
la campagne d'Italie, pendant la guerre de sept ans.

Sous la régence du duc d'Orléans, M. le comte de
Maillebois était un très jeune homme, livré à toutes les
folies qui étaient, dit-on, les mœurs de cette époque.

Et lui arriva, vers le commencement de l'année 1728,
d'assister à une maîtresse-orgie où se trouvaient MM. de
Cossé, de la Farre et de Brissac. Ces messieurs sortirent
après souper, soit pour rosser un peu le guet, ce qui,
paraît-il, était une chose assez divertissante, soit pour
retourner les enseignes, soit pour se livrer à d'autres
espiègleries également ingénieuses et spirituelles.

M. le comte dé Maillebois, mal disposé ou plus ivre que ses camarades, tomba au beau milieu de la rue et se prit à ronfler. Il y avait, à cet égard, des précédents qui faisaient loi. On l'accota commodément contre une borne; on mit auprès de lui un réverbère détaché, pour défendre aux carrosses attardés de passer sur son corps, et la bande folle ayant accompli ce pieux devoir, poursuivit son expédition nocturne.

On était au mois de janvier, il tombait du grésil, M. de Maillebois ne dormit pas longtemps, le froid l'éveilla au bout de quelques minutes. Son ivresse était dans toute sa force, car il regarda autour de lui et ne reconnut point le quartier où il se trouvait. Toutes les constructions qui l'environnaient lui semblèrent nouvelles et d'un caractère qui n'appartenait point à l'architecture parisienne. Il aperçut aux lueurs vagues de la lune, le portail d'une église de style grec, blanche et toute neuve. Il ne se souvint point d'avoir vu jamais semblable église à Paris.

Cependant, le froid le pénétrait jusqu'aux os. Il était marié depuis un an seulement et sa femme, une parente de ma grand'mère, venait de lui donner un fils. Il songea à son petit intérieur, je n'oserais pas dire que ce fut pour son fils ou pour sa femme, mais pour le bien-être qu'il eût éprouvé dans sa chambre à coucher si chaude et sous les bonnes couvertures de son lit. Il essaya de se lever et de se traîner sur le pavé glissant, mais une circonstance décourageait sa faiblesse : Quelle route suivre? allait-il aller droit devant soi, ou revenir sur ses pas, ou prendre à gauche, ou tourner à droite?

Comme il tourmentait ainsi en vain sa pauvre cervelle, il entendit une clochette tinter et une lanterne brilla dans la nuit d'une ruelle voisine. Deux hommes passèrent auprès de lui, un prêtre et un bedeau : le bedeau tenait la lanterne au bout d'un bâton et le prêtre portait à deux mains ce petit ciboire qui sert pour les derniers sacrements.

M. de Maillebois leur demanda sa route. Ils continuèrent de marcher, le bedeau tintant sa clochette, le prêtre

murmurant ses prières, mais ils ne lui répondirent
point.

Ils arrivèrent à la porte de l'église et s'arrêtèrent tous
deux. Le bedeau prit sous son collet une grosse clef,
qui grinça dans la serrure; la porte s'ouvrit. M. de
Maillebois n'aurait point su dire comment cela se fit,
mais il avait eu la force de les suivre et se glissa dans
l'église derrière eux. Le bedeau referma la porte. Le
prêtre et lui traversèrent un des bas-côtés et pénétrèrent
dans la sacristie.

M. de Maillebois, aussitôt après qu'il eut passé le seuil
de cette église, se sentit pénétré d'une douce chaleur. Il
vit un confessionnal auprès de lui, d'instinct il s'y coula
et, s'arrangeant de son mieux, ne tarda pas à s'endor-
mir comme un juste.

Cette fois, ce fut un somme complet, un repos rafraî-
chissant et bienfaisant.

Combien de temps dura ce sommeil, M. de Maillebois
n'aurait point su le dire. Il lui sembla incomparablement
plus long que la plus longue nuit d'hiver, et cependant,
quand il s'éveilla, il faisait nuit encore, nuit noire.
L'église n'était éclairée que par le lumignon suspendu
au-dessus du maître-autel et par une chandelle votive
qui achevait de se consumer devant l'autel de la Vierge.

Le jeune comte se frotta les yeux, étonné d'abord de
se trouver dans un pareil lieu, mais le souvenir lui
revint peu à peu. Il eut mémoire des événements de la
soirée précédente : l'orgie, la rue déserte, la borne, le
prêtre et le bedeau passant, lui-même se glissant derrière eux dans l'église.

Seulement, il voyait toutes ces choses au lointain,
comme si des mois et des années eussent passé sur
sa tête depuis lors. Il avait, du reste, toutes ses facultés,
toute sa présence d'esprit même, car il fit le tour de
l'église, afin de trouver une issue.

Les portes étaient fermées, y compris celle de la
sacristie qui résista à tous ses efforts. Il eut vaguement
la crainte de ne plus jamais sortir de ce lieu, d'autant
mieux que la sensation d'étonnement qui avait troublé
son ivresse revenait à son cerveau sain. Il était bien

sûr de n'avoir jamais vu ces blanches colonnades. Il eut fait serment que ce n'était pas là une église de Paris.

Je vous prie, mesdames, s'interrompit Mlle Gay, de vouloir bien observer que Voltaire allait sur ses trente ans, que l'on était en pleine régence et que le jeune comte de Maillebois se vantait très sincèrement d'être un esprit fort.

Ma grand'mère disait, il est vrai, que les esprits forts sont un peu plus poltrons que les esprits faibles. Moi, qui n'ai rien vu, je ne sais pas encore, mais j'ai confiance en ma grand'mère.

M. de Maillebois se sentit comme un serrement de cœur. Le mot poltron ne peut s'appliquer à lui qu'à l'église, car sur le champ de bataille il avait déjà fait ses preuves, et, quelques années plus tard, il devait avoir le commandement de Royal-Auvergne, le régiment du chevalier d'Assas! Nous saurons bientôt pourquoi, dans la carrière militaire, il n'atteignit pas aux mêmes fortunes que son aîné, M. le Maréchal.

Au moment où il revenait à son confessionnal, après avoir fait tout le tour de l'église, il entendit un bruit vague et indistinct autour de lui. La nuit de la nef se peupla, pendant qu'un rayon mélancolique, passant à travers les vitraux des hautes fenêtres, descendait jusque sur les dalles.

Une blanche procession allait à pas silencieux et lents, du bout de la nef jusqu'au chœur : c'étaient des religieuses voilées de la tête aux pieds et rangées sur deux files.

Son regard, en se portant sur le chœur, distingua un homme, vêtu de noir, qui allumait à l'aide d'une perche les cierges de l'autel. En même temps, l'air vibra, propageant le son large d'une horloge qui battait les douze coups de minuit, et l'orgue rendit un écho sourd qui se prolongea longuement dans le silence.

Le premier mouvement de M. de Maillebois, fut de se révolter contre cette fantasmagorie. Il se pinça jusqu'au sang, comme il le dit lui-même, en racontant l'histoire de cette nuit, afin de voir si par hasard, il ne dormait point encore.

Mais son sommeil n'était plus; sa raison veillait comme son esprit et son corps. Il eut peur, atrocement peur, il regretta sa borne et le froid piquant du dehors. Un cri voulut sortir de sa poitrine oppressée; sa voix s'arrêta dans son gosier.

Il vit la porte de la sacristie, fermée tout à l'heure, s'ouvrir soudain à deux battants. Un prêtre de haute taille parut, portant le calice et la patène; il était précédé par un enfant de chœur. Cet enfant agitait une clochette d'argent, dont le timbre ne produisait aucune vibration sous les hauts arceaux.

Quand le prêtre passa devant le cierge votif qui brûlait à la chapelle de la Vierge, le cierge lança un vif éclat, puis s'éteignit.

Cette dernière lueur tomba sur le visage du prêtre, et M. de Maillebois, frappé de stupeur, se dit au dedans de lui-même :

« Il ressemble à mon père! »

Le contrôleur général Desmaretz, père de MM. de Maillebois était mort depuis deux ans seulement. Il restait en grande vénération dans sa famille.

Le prêtre gagna le maître-autel. La double file des religieuses prosternées s'allongeait maintenant des deux côtés du chœur. La messe commença, — messe étrange qui était muette et sans réponse, bien qu'on vit distinctement remuer les lèvres de l'officiant et de son servant.

Chaque fois que le prêtre tournait le dos à l'autel, étendant les deux bras, comme s'il eût prononcé le *dominus vobiscum*, M. le comte de Maillebois, détaillait d'un œil avide les traits de son visage, et chaque fois, il se disait :

— Il ressemble à mon père.

Il n'avait plus peur, parce que les sentiments se succédaient en lui, sans transition, comme il arrive dans les rêves : les sentiments en lui, et en dehors de lui les circonstances extérieures.

La messe durait déjà depuis plus longtemps qu'une messe chantée, lorsqu'il s'aperçut tout à coup que c'était un office mortuaire. La chasuble et l'aube de l'officiant avaient la croix blanche sur fond noir; une tête de mort pendait à chaque cierge et, dans le haut de la nef, en dehors de la grille du chœur, un catafalque était dressé entre six flambeaux.

M. le comte de Maillebois, toujours comme dans les rêves, trouva cela très simple et ne s'étonna point de ne l'avoir pas vu plus tôt.

Après l'évangile, le prêtre vint sur le devant de l'autel. Les religieuses se levèrent, puis s'assirent, sans produire aucun bruit, et le prêtre, les bras croisés sur la poitrine, parla pendant plusieurs minutes, prononçant peut-être l'oraison funèbre du mort.

Je dis *parla*, mais il n'y a point de mot pour exprimer le vain mouvement des lèvres d'où ne sort aucun son.

Le prêtre se tut, c'est-à-dire que ses lèvres devinrent immobiles. Les religieuses voilées quittèrent leurs sièges pour s'agenouiller de nouveau. L'office continua, silencieux et lent.

M. de Maillebois se sentit pris d'un désir immodéré, irrésistible de voir le visage du mort qui était dans cette bière. Il s'approcha; ses pas ne sonnaient point sur les dalles et en même temps qu'il s'approchait, le catafalque paraissait venir vers lui, avec ses six cierges. — De telle sorte qu'il se trouva auprès du cercueil et loin, très loin de l'autel, où était le prêtre, entouré de ses religieuses immobiles.

Il porta la main au couvercle du cercueil et le souleva sans effort. La lumière des six cierges éclairait l'intérieur, M. de Maillebois se pencha, car la bière était profonde et selon son expression, il vit le mort, comme on se voit soi-même, quand on s'incline sur le bord d'un puits.

Et la comparaison est exacte de tout point, attendu qu'il se vit en effet lui-même. Le mort avait la propre image et portait au front la légère cicatrice, trace d'une blessure qu'il avait reçue de M. Nangis à son premier duel.

Le mort était lui-même.

C'ÉTAIT LUI-MÊME QUI ÉTAIT MORT!

Il laissa retomber le couvercle, dont le choc n'éveilla aucun écho dans cette muette atmosphère. Il n'était point surpris. Il avait une vague tristesse seulement, à l'idée de sa jeune femme et de son petit enfant...

Tout à coup, — il était revenu sans en avoir conscience, à sa place première, dans l'ombre d'un des bas-côtés, — les cierges de l'autel jetèrent une grande lueur et tout un clergé en deuil suivit le prêtre qui descendait, le missel en main, vers le cercueil. L'absoute eut lieu en cérémonie, chaque prêtre, puis chaque religieuse donnant de l'eau bénite au drap mortuaire, pendant qu'un chant lointain, semblable à celui qu'on entend du dehors en passant le long d'une cathédrale, psalmodiait le *Dies iræ*.

Puis l'église fut solitaire. — Il n'y avait plus ni clergé, ni religieuses, ni catafalque.

Mais une voix dit à l'oreille de M. de Maillebois :

— Tu me reverras une fois!

Il se retourna. Il n'y avait autour de lui que la solitude.

Les cierges avaient disparu avec le catafalque. La chandelle votive s'était dès longtemps éteinte. Le lumignon allumé devant le maître-autel, expirait.

Les yeux de M. de Maillebois se fermèrent encore une fois. La dernière pensée qui vécut dans son cerveau engourdi fut celle-ci :

— *J'étais dans le cercueil et le prêtre avait le visage de mon père.*

Delphine Gay poursuivit :

— Ce fut dans son lit que M. le comte de Maillebois se retrouva, après plusieurs semaines de fièvre. Il avait fait une longue et dangereuse maladie. Le premier objet qu'il aperçut fut son petit enfant dans les bras de sa jeune femme, et il dit, pour première parole :

— Il ressemble à mon père!

La jeune comtesse eut des larmes dans les yeux au son de sa voix qu'elle n'avait pas entendu depuis près d'un mois, car ce n'est plus notre voix que nous avons dans le délire. Le médecin mit le comble à son allégresse en lui disant que, sauf l'éventualité d'une rechute, tout danger était passé.

Il n'y eut point de rechute. La convalescence vint et suivit paisiblement son cours.

M. de Maillebois n'eut d'abord aucun souvenir de ce qui s'était passé. Ceux qui l'entouraient se gardèrent bien de lui dire qu'on l'avait trouvé, au petit jour, dans une rue borgne du quartier du Palais-Royal, sur le pavé, entre une borne et un réverbère, perclus jusque dans la moelle des os et privé de sentiment. De son côté, il ne s'informa point, parce qu'il avait tout oublié, l'orgie et l'escapade nocturne qui en avait été la suite.

Mais bientôt des lueurs tournèrent autour de sa mémoire, de ces demi-clartés qui assiègent l'esprit sans y faire la lumière. La notion de l'orgie ressuscita en lui la première, et il n'interrogea point encore parce qu'il avait pudeur.

Il voulut retrouver par lui-même, et tout seul, les prodigieux événements de cette nuit.

Ce fut un travail douloureux et qui, plus d'une fois, rendit à son pouls ses battements fiévreux; mais enfin, il fut vainqueur dans une lutte contre le brouillard dont s'enveloppait sa mémoire : il chassa le nuage et vit clair dans son souvenir.

L'église! il en eût dessiné le frontispice blanc, dressé comme un fantôme aux rayons blafards de la lune! Il eût fait le plan de l'intérieur avec ses bas côtés sombres et sa nef où le lumignon mettait de vacillants reflets. Il revoyait le confessionnal, la chandelle votive à l'autel de la Vierge, la procession des religieuses, le prêtre, la messe muette, le catafalque...

Il revoyait tout, jusqu'à ce mort couché dans la bière profonde et qui était lui-même!

— Tu me reverras une fois... avait dit le prêtre qui avait le visage de son père.

Aussitôt qu'il put se lever et sortir, il se mit en quête de ce quartier inconnu, dont l'aspect l'avait tant frappé lors de son premier réveil. Il était bien sûr de reconnaître cet étrange carrefour, la rue sombre où il avait vu le bedeau avec sa lanterne, précédant l'abbé porteur du ciboire des mourants et la lanterne balancée au bout de son long manche et l'église, — surtout l'église!

On a beau savoir par cœur son Paris, chaque jour on fait quelque nouvelle découverte dans cette immensité.

Et n'est-ce point logique? Si l'on s'astreignait à visiter à tour de rôle toutes les familles que contient cette ville, à la seconde rencontre, la petite fille se trouverait être la mère de robustes soldats, voire même l'aïeule. Ainsi des maisons. Là, où hier encore, se vautrait un taudis, se dresse un superbe hôtel et le lendemain, cet hôtel sera une ruine.

M. de Maillebois passa toute une semaine à explorer les paroisses les plus éloignées du centre brillant où se dépensait sa vie. Il ne trouva rien qui ressemblât à ce qu'il cherchait. Son caractère changea; il devint taciturne et mélancolique; ses mœurs s'amendèrent : il rompit sans fausse honte, avec ses anciens compagnons de plaisir, et devint franchement homme de famille.

A cette époque, personne n'eut son secret.

On était en paix, M. de Maillebois, cadet de famille, avait une assez mince fortune patrimoniale, mais l'abbé Desmaretz, son oncle, lui avait légué tout son bien, qui pouvait se monter à un millier de louis de revenus. Le temps était aux spéculations, le système de Law avait déjà fait la culbute, mais il y avait d'autres Indes que l'Eldorado fabuleux de l'escamoteur écossais; il y avait l'Inde véritable, l'Inde du Gange et de l'Indus, mère des gigantesques richesses de l'Angleterre moderne, celle que l'infortuné Dupleix était en train alors de conquérir à la France.

Dupleix et le comte de Maillebois étaient à peu près du même âge; le jeune comte, dans les loisirs que lui faisait aujourd'hui la régularité de sa vie, prit des idées d'ambition. Il vendit tous les biens de l'abbé Desmaretz et partit pour Pondichéry, où Dupleix était alors membre du conseil supérieur et commissaire des guerres; il se réclama d'une camaraderie d'enfance et fut reçu à bras ouverts.

Soldat d'une main, commerçant de l'autre, M. de Maillebois fit un peu comme son ami Dupleix et amassa rapidement une fortune très considérable, mais il ne voulut accepter aucune position politique, afin d'être libre toujours de revoir la France.

Sa femme et ses deux enfants, un fils et une fille, étaient restés au pays et vivaient sur une petite terre qu'il possédait dans un bourg de Saint-Eloi, à quatre lieues d'Avranches, en Normandie; il entretenait avec eux un commerce de lettres fort actif et faisait passer à la comtesse des sommes importantes, dont il dirigeait lui-même l'emploi.

Suivant ses instructions, la comtesse acheta une bonne partie de la paroisse Saint-Eloi, fit bâtir un très beau château à la place où était naguère le modeste manoir et jeta les fondations d'une église neuve, car le pauvre clocher du bourg normand s'en allait; toutes ces choses, d'après la volonté écrite de M. de Maillebois. Son fils, il l'annonçait dans ses lettres, devait être un des plus riches gentilshommes de France.

Son vœu était qu'on le dirigeat vers la profession des armes.

La providence en avait autrement ordonné. Dès ses premières années, Nicolas Desmaretz, vicomte de Maillebois, laissa percer une ardente vocation pour l'état ecclésiastique. Les missions d'outre-mer avaient alors un grand éclat et l'enfance s'exaltait au récit des magnifiques dévouements qui étaient le pain quotidien de ces armées de martyrs. A l'âge de quatorze ans, il voulut entrer au séminaire d'Avranches. Sa mère y consentit avec peine et n'osa en aviser le comte, qui continua ses rêves ambitieux touchant l'avenir de son fils.

En 1742, seize ans après son départ, le comte parla pour la première fois de retour. Il envoya en même temps une grosse somme, destinée à la construction d'un couvent d'Ursulines qu'il voulait dans son bourg de Saint-Eloi. Il ne restait plus, à Pondichéry, disait-il, que pour amasser la dot de Mlle de Maillebois.

Cela dura deux années. Au commencement de 1744, nos affaires se brouillèrent dans l'Inde. Dupleix, qui était désormais là-bas, le maître suprême et qui voulait décidément donner à la France le plus vaste et le plus bel empire du monde, s'était brouillé avec les Anglais, dont l'intelligence commerciale convoitait ce même em-

Lire et qui l'eurent. M. de Maillebois s'embarqua pour
Saint-Malo, au moment où débutait la trop fameuse querelle de Madras.

Il emportait avec lui la dot de sa fille : une dot de
princesse !

M. le vicomte de Maillebois, son fils, avait alors vingt-
deux ans. Il avait reçu les ordres mineurs et avait pris
passage à bord d'un vaisseau de la compagnie, pour se
rendre à Pondichéry et enlever d'assaut le consentement
de M. de Maillebois. Les deux navires se croisèrent :
pendant que le père abordait en France, le fils faisait
voile vers les Indes.

Ce fut un amer chagrin, d'autant plus amer qu'il était
moins attendu. M. de Maillebois abandonna du coup
tous ses projets de repos et de royauté paisible, au sein
de son domaine. Il ne voulut même pas voir toutes ces
choses qui étaient son œuvre : le bourg de Saint-Eloi,
régénéré, l'église neuve, le couvent ou déjà s'installaient
les dames Ursulines, le château enfin, son château bien-
aimé, dont il avait rêvé tant de fois et qu'on avait cons-
truit sur ses propres dessins envoyés à travers l'Océan.
Rien de tout cela ne le touchait plus. Sa femme qui
pleurait de joie, sa fille charmante qui souriait dans ses
paupières humides, comme une fleur sous la rosée, n'eurent qu'une caresse distraite. Il partit en poste pour
Paris et reprit du service.

Il était dans la force de l'âge et puissamment riche.
Son frère, le maréchal, commandant en chef l'armée
d'Italie; il obtint aisément un régiment qui se trouva
être le Royal-Auvergne, dont M. de Lauzun, devenu brigadier des armées, quittait le commandement.

Dans l'heureuse campagne de 1745, il fit des prodiges
de vaillance et se battit comme un lion sous Plaisance,
en 1746.

Ce fut là que l'étoile du maréchal, son frère, se noya
dans les nues. L'armée française, vaincue au delà des
monts, à l'heure même où les fanfares de Fontenoy an-
nonçaient la victoire de la France, fut obligé de faire retraite.

On prétend qu'il ne faut approcher ni les joueurs décavés, ni les ministres mordus par la majorité, ni les généraux qui ont perdu la bataille. Il n'y avait point alors de majorité pour mordre les ministres et le comte de Maillebois ignorait vraisemblablement le reste de l'adage, car il aborda le maréchal pendant la retraite et se mit à lui développer un plan d'attaque qui, si on s'en fut avisé plus tôt, n'eût point manqué de mettre les alliés en déroute.

Le plan pouvait être excellent, mais l'heure était mal choisie et l'adage eut raison cruellement. M. le maréchal de Maillebois donna de son gant dans le visage de son cadet.

Celui-ci portait une épée qui sauta d'elle-même hors du fourreau. Il ne s'en servit point pour frapper, cependant, il la brisa sur son genou et quitta l'armée.

Ce fut ici la fin de la carrière publique du comte et ce fut aussi le moment où se renoua l'étrange féerie dont je vous ai raconté le prologue.

Mmes de Maillebois étaient à Paris; ma grand'mère qui était alors une jeune fille, s'était liée de sincère amitié avec Mlle Sophie Maillebois qui, plus tard, devint Mme la marquise de Maurepas : une douce et charmante créature. La comtesse affectionnait beaucoup ma grand'mère et le comte lui-même, la prit tout de suite en amitié. Il fut convenu qu'elle suivrait la famille au château. Ma grand'mère, que j'appellerai de son nom, Delphine, pour ne point donner sans cesse ce titre respectable à une jeune personne de dix-huit ans, m'a dit souvent qu'à cette époque encore, M. de Maillebois était un des plus beaux hommes de la cour.

Il avait l'âge du siècle : quarante-six ans. Il restait admirablement conservé, cheveux et moustache noirs, œil vif, et teint frais; il avait une santé de fer, l'esprit droit, positif et présent.

Le village de Saint-Eloi-les-Avranches est un lieu très ancien et qui a même dû être jadis une petite ville, car on rencontre dans les champs voisins, un assez grand nombre de vieilles ruines, dont la principale est une ligne de murailles, brisées à angles obtus, qui ressemblent à des restes de fortifications. Il est situé à une

forte lieue de la grande route de Caen à Saint-Malo, et
sa principale rue est si étroite, que les voitures ont
peine à y passer.

C'était cependant l'unique chemin pour atteindre la
magnifique grille qui donnait accès, à mille ou douze
cents pas de là, dans le parc neuf de Maillebois.

Le carrosse où était la famille cahota tant bien que
mal, tout le long de cette rue et finit par verser, au moment même où il allait sortir de presse pour déboucher
sur la place de la nouvelle église.

Je vous prie de noter que cet instant avait bien sa
solennité. Le comte n'avait encore rien vu des embellis-
sements ou plutôt de la complète transformation, qui
était cependant son ouvrage. Il avait manifesté, pendant
toute la route, une très vive impatience.

Quand le carrosse heurta contre une borne de granit
accotée contre le dernier angle de la rue, il ouvrait justement la portière, afin de regarder.

Le choc le lança contre la borne, en dedans de la
place; il eut le bonheur de n'être point blessé : sa hâte
était si grande qu'il se tourna vers l'église avant même
de se relever.

Les deux dames de Maillebois et Delphine descen-
daient pour lui porter secours, car elles le croyaient
atteint, mais il les repoussa brusquement en leur disant :

— Vous m'empêchez de voir!

Elles s'écartèrent. Il se mit à regarder l'église, et ses
yeux exprimèrent un étonnement de terreur.

Soudain, il pâlit mortellement et poussa un cri étouffé.

La nuit tombait, quelques lumières brillaient déjà derrière les carreaux poudreux des maisons du village. La
lune en se levant frappait d'aplomb la blanche façade
de l'église qui, selon les prédilections de l'architecture
au dix-huitième siècle, affectait le style grec.

On avait pris des mesures pour que l'arrivée eût lieu
dans le plus strict incognito et cependant les paysans
se rassemblaient sur la place, pour voir le beau carosse
sans armoiries, égaré, croyaient-ils, jusque chez eux.

Après avoir contemplé l'église longtemps, M. de Maillebois regarda la borne près de laquelle il était encore

étendu, puis ses yeux se tournèrent vers la rue étroite
et longue. Il fit signe à son cocher d'avancer, disant de
nouveau :

— Vous m'empêchez de voir !

Le carrosse s'ébranla et démasqua l'embouchure de la
rue. Le comte y plongea son regard avide. Un profond
soupir souleva sa poitrine. Il se mit sur ses pieds, et,
sans rien dire à personne, du pas chancelant et lourd
des gens avinés, il se dirigea vers le portail de l'église.

Il monta les marches et franchit le seuil. Les dames
le suivirent craignant qu'il se trouvât mal, car il avait
l'air d'un mort. Il ne semblait point avoir conscience
de la présence des dames.

L'église était beaucoup plus vaste que ne le sont, d'ordinaire, les paroisses de village, son fondateur avait
ordonné de ne rien épargner : on avait fait selon ses
ordres. C'était une nef rond-voûtée, accompagnée de
deux bas côtés relativement sombres, parce que la lumière venait d'en haut, par les fenêtres percées au-
dessus de la frise. Un lumignon brillait au-devant du
maître-autel, et, près de l'autel de la Vierge, une chandelle votive achevait de se consumer.

La nef et les bas côtés étaient également solitaires.

L'heure sonna au clocher dont la voix était pleine et
forte. Le buffet d'orgues rendit un long écho dont la
plainte n'eut pas de retentissement sous les voûtes.

A droite de la porte d'entrée, il y avait un confessionnal. M. le comte de Maillebois s'en approcha et l'examina.

Il se rendit ensuite à la porte de sacristie, puis il fit
le tour de l'église. puis enfin, il vint au centre de la nef,
en face du maître-autel, toujours sans voir les trois dames, qui suivaient avec étonnement ces muettes évolu-
tions.

Il s'arrêta, après avoir choisi un point précis au
milieu de la nef, et dit d'une voix très altérée :

— C'ÉTAIT LA !

Sa bouche ne prononça que ces deux mots. Il sortit de
l'église d'un air de plus en plus troublé, remonta dans
son carrosse et resta silencieux jusqu'au château.

Il n'accorda pas même un regard à ces constructions princières, non plus qu'au parc dessiné pourtant de main de maître.

Il ne voulut point souper.

Il se mit au lit et fit une maladie exactement semblable, comme symptômes et comme durée, à celle qui suivit la fameuse nuit d'orgie.

Pendant cette maladie, il témoigna beaucoup de douceur et une résignation chrétienne, il ne repoussa jamais ni sa femme ni sa fille, mais il recevait avec une préférence évidente les soins de Delphine, elle était sa favorite.

Ce fut à elle qu'il s'ouvrit. Dès que la force revenue lui permit de parler, il lui raconta de point en point sa bizarre histoire et ne lui défendit pas de mettre sa femme et sa fille dans le secret. Quand tout le monde autour de lui eut connaissance de son aventure, il parut éprouver un soulagement de cœur.

Il ne permit jamais qu'en sa présence on traita la chose de rêve.

Il parlait maintenant très souvent de son fils, dont il approuvait désormais la vocation. Comme il ne l'avait point revu depuis l'enfance, il ne se lassait pas d'entendre les descriptions qu'on lui faisait de sa figure et de son caractère. Ces descriptions se terminaient toujours de la même façon :

— Notre fils Nicolas, lui disait la comtesse, est tout le portrait de M. Desmaretz, votre respecté père.

Or, il y avait en face du lit de M. de Maillebois, un portrait en pied de M. Desmaretz. Il lui arrivait de le contempler des heures entières et souvent il disait à Delphine, sa garde-malade fidèle :

— Le prêtre... le prêtre de la messe muette, lui ressemblait trait pour trait !

Il se guérit, et comme c'est l'usage, la santé changea notablement le cours de ses idées. On peut affirmer d'avance qu'un mondain mystique se porte mal, et sauf d'heureuses et trop rares exceptions, j'en dirai volontiers autant des poètes.

M. de Maillebois se donna tout entier, après son rétablissement, aux soins de son domaine. Dans le pays, il était roi par la bienfaisance. C'était une vie profondément calme dans cette famille; il n'y avait guère d'émotion qu'aux jours où l'on recevait des nouvelles de l'abbé Nicolas, et ces émotions étaient belles, car les lettres de l'héroïque missionnaire parlaient de ses dangers, de ses luttes et de ses triomphes. Il était Père de la Foi et portait la parole de Dieu dans les contrées les plus lointaines de l'Asie.

En 1760, le comte de Maillebois était un vieillard de bonne humeur, entouré d'une famille heureuse. Sa fille Sophie, mariée à M. de Maurepas, avait cinq petits enfants, bruyantes idoles de leur grand-père. Madame la comtesse avait gardé son inaltérable douceur. Delphine, qui était maintenant Mme de Lavalette, venait passer au château la majeure partie de la belle saison.

C'était un soir du mois d'avril, Delphine était arrivée de la veille : on l'avait convoquée d'urgence pour le baptême de Nicolas de Maurepas, cinquième enfant de Sophie. Le baptême avait eu lieu dans la matinée, au milieu de la joie des parents. Ce soir, c'était le repas de famille. A l'heure précise, M. le comte de Maillebois, exact comme l'horloge, prit le chemin de la salle à manger avec Delphine, qui ne le quittait jamais quand elle était au château; il avait montré toute la journée une gaieté plus qu'ordinaire, et c'était plaisir de voir la joie paternelle de ce beau et bon vieillard.

Il dit à Delphine en entrant dans la salle à manger, où il n'y avait encore personne :

— Il ne nous manquera ici que mon fils Nicolas.

Son regard fit le tour de la table et compta les couverts.

— Treize! dit-il, c'est étonnant, Mme la comtesse redoute beaucoup ce nombre.

Delphine, qui avait compté après lui, répliqua :

— Vous vous trompez, mon ami, il n'y a que douze couverts.

Il se frotta les yeux et fit le tour de la table en

comptant tout haut : un, deux, trois, quatre, etc., et il arriva ainsi jusqu'à son couvert où il dit :

— *Treize!*

Delphine fit comme lui; les assiettes pour elle étaient au nombre de douze.

Avant que fût vidé entre eux ce singulier conflit, un grand bruit se fit du haut en bas de la maison. Tout semblait en mouvement et de ce tumulte des cris divers se détachaient :

— Mon fils! mon fils! disait la voix de la comtesse.

— Mon frère! ripostait Sophie.

Et les aînés des enfants :

— Mon oncle!

Et les valets, les servantes, tout le reste :

— Monsieur l'abbé!

— Monsieur le vicomte!

— Monsieur le vicomte Nicolas!

— Monsieur l'abbé de Maillebois!

— Bon ami, s'écria Delphine, toute tremblante de surprise et de plaisir : Dieu a entendu votre souhait! Il ne manquera personne à votre fête de famille!

Le comte de Maillebois, faible contre son émotion, s'était laissé tomber sur un siège.

— *Treize!* murmura-t-il encore, c'était *son* couvert que JE COMPTAIS!

La porte s'ouvrit. Le comte tendit ses deux bras. — Mais ses bras retombèrent, tandis que ses yeux agrandis se fixaient sur le seuil où un homme était debout.

Delphine l'entendit balbutier :

— *Le prêtre!... Le prêtre qui a le visage de mon père!*

L'homme était un prêtre, en effet; il portait le costume des pères de la Foi, et vous eussiez dit que le portrait de feu M. Desmaretz était descendu de son cadre.

L'homme traversa la salle à manger, sans mot dire, et se dirigea vers l'autre porte, qui conduisait à l'appartement de M. Desmaretz.

Sans mot dire aussi, le comte de Maillebois se leva et le suivit.

Delphine ne resta pas longtemps seule. La maison entière fit bientôt foule à la porte. La comtesse, Sophie, les enfants, les domestiques arrivèrent, criant comme devant, tous joyeux, victimes d'une espièglerie!

— Mon fils! mon frère! mon oncle! Monsieur le vicomte! Monsieur l'abbé! Monsieur Nicolas!

Tous l'avaient vu, mais à la grande surprise de Delphine, tous l'avaient vu à la fois et dans des lieux différents : la comtesse à la chapelle où elle disait sa prière du soir, Mme de Maurepas dans sa chambre à coucher où elle achevait sa toilette, M. de Maurepas au jardin, les enfants dans la cour, le palefrenier à l'écurie, le sommelier à l'office, les marmitons à la cuisine et la femme de charge à la lingerie.

Ils couraient tous après lui, croyant à un jeu de cache-cache.

Delphine eut peur. Elle frémit de la tête aux pieds, car en recomptant pour la troisième fois les couverts de la table, elle en trouva treize. C'était le comte de Maillebois qui avait raison.

Sur l'assiette du treizième couvert — celui du comte — il y avait une lettre scellée d'un cachet large et frappée d'un timbre étranger. Delphine ne se souvint point d'avoir vu cette lettre jusqu'alors et personne ne l'avait mise au lieu où elle était, ni maîtres, ni domestiques.

Delphine baissa la tête au lieu de répondre aux questions qui la pressaient, et peu à peu, sans qu'aucun éclaircissement fût donné, chacun se prit à trembler.

Au dehors, la cloche du dîner tinta.

M. le comte de Maillebois parut avec son fils. Qu'y avait-il en eux? A leur aspect, la parole se glaça sur toutes les lèvres.

M. de Maillebois, marchant d'un pas raide et comme automatique, gagna sa place.

On se mit à table, au milieu d'un silence profond. Le comte ouvrit la lettre qui était sur son assiette, la lut et la serra dans son sein. Selon sa coutume, il présida le repas et servit tous les mets.

On ne le vit porter ni pain, ni vin à sa bouche.

De même pour M. l'abbé Nicolas qui, pendant tout le repas garda son jeûne et sa taciturne immobilité.

Après le dîner, ils se retirèrent tous les deux dans la chambre à coucher du comte, laissant la famille terrifiée.

Le fils n'avait pas donné son front au baiser de sa mère! Le père n'avait porté ni la santé de l'accouchée, ni celle du nouveau chrétien!

A minuit, alors que tout le monde était couché déjà, un bruit étrange éveilla le château de Maillebois.

Il partait de la chambre du comte.

A six heures du matin, le glas sonna à toute volée au clocher de l'église neuve.

A huit heures, on ouvrit de force la porte de M. de Maillebois. On trouva dans la chambre un prêtre agenouillé auprès d'une bière déjà fermée et toute clouée. Personne ne demanda plus ce que signifiaient les coups de marteau.

La maison fut en deuil, mais nul n'osa interroger le prêtre.

M. de Maillebois était mort.

A six heures du soir, nouveau glas, à minuit, carillon pour appeler les fidèles à l'église. Les gens de Saint-Eloi se levèrent et vinrent à l'appel de leurs cloches. L'église était illuminée et deux longues files d'Ursulines s'agenouillaient des deux côtés du chœur. Au centre de la nef, vis-à-vis du maître-autel, se dressait un catafalque aux armes de M. le comte de Maillebois.

Le Père de la Foi chanta la messe des morts, assisté par le clergé tremblant de la paroisse. Après l'évangile, l'oraison funèbre fut prononcée, puis l'absoute vint avec sa longue procession des prêtres et des religieuses lançant l'eau bénite au drap funèbre.

Après l'office, le Père de la Foi disparut pour ne jamais revenir.

On retrouva cependant la lettre qui était, l'avant-veille, sur le couvert du comte de Maillebois.

La lettre était datée de l'empire Birman et adressée au comte.

Elle annonçait LA MORT DE SON FILS NICOLAS, PÈRE DE LA FOI, MARTYRISÉ PAR LES INFIDÈLES.

IV

LE FANTÔME RECONNAISSANT

Cette histoire étonnante dont la fin couronnait si
étrangement l'imprévu, produisit un énorme effet sur le
cercle de la marquise, mais les trois quarts du triomphe
étaient dus, très certainement, à la parole éloquente,
au geste exquis, à la grâce enchantée de Delphine Gay.

Quand elle eut achevé le récit qui précède, elle voulut
se lever. La marquise emprisonna ses deux belles
mains et la retint sur la sellette.

— Vous êtes prise au piège, ma mignonne, lui dit-elle,
ces dames sont trop enchantées pour ne pas vouloir
jusqu'à la dernière goutte de votre flacon magique. Elles
vous ont laissé entamer votre seconde histoire uniquement parce que cela les faisait sûres de la première...
Nous demandons Hélène Ordener.

Et tout le cercle d'une seule voix :

— Hélène Ordener!

Sauf pourtant Naïvette, qui fut seule à dire :

— Oui, c'est ça!

— Prince, dit la duchesse à l'oreille de M. de Talleyrand, vous avez été superbe, mais...

— Mais, je suis vaincu, n'est-ce pas?... Ma nièce, j'ai
par devers moi trois quarts de siècle pour lutter contre
la jeunesse, la beauté, la poésie. C'est beaucoup trop,
mais cela ne suffit, paraît-il, pas.

— Mon Dieu, mesdames, répondait en ce moment Delphine Gay, c'est une pauvre petite anecdote d'hier, comme le bon abbé Desgenettes nous en disait au catéchisme. J'ai bien peur que cela ne vous semble pâle... Mon Hélène Ordener à moi a dix-huit ans, je ne sais pas si c'est l'âge de l'Hélène Ordener de M. le prince...

— A peu près, chère demoiselle, à peu près, répliqua M. de Talleyrand.

— Elle était seule à Paris, et fort abandonnée, car elle avait vu mourir son fiancé, qui était beaucoup plus riche qu'elle....

— Tout cela se rapporte parfaitement, dit la marquise.

— Et comme elle était aussi sage que malheureuse... poursuivit Mlle Gay.

Ici, le prince de Talleyrand toussa et mis sa mauvaise jambe sous la bonne. La charmante conteuse le regarda en souriant.

— Rectifiez, Monsieur le prince, je vous prie, dit-elle, si je me trompe dans mon récit. Je suis de bonne foi et je n'invente rien; Hélène Ordener était aussi vertueuse que belle, en ce sens qu'elle n'essaya point de combattre la misère avec d'autres armes que celles du travail. Et il faut, à mon avis, lui tenir compte de cela, d'autant plus que l'appui de la religion lui manquait; je vais être obligée de dire tout à l'heure qu'elle n'avait jamais passé le seuil d'une église.

— Il faut s'entendre cependant! s'écrièrent plusieurs voix, M. le prince et lady Lawton-Percy avaient fait l'éducation religieuse d'Hélène Ordener.

Les yeux souriants de Delphine Gay restaient fixés sur M. de Talleyrand qui balbutia, ma foi, comme un écolier :

— Education, belles dames?... certes?... Vous savez que le pauvre Nothumb avait inventé une religion... C'était un garçon très savant et un peu dérangé d'esprit... Moi, mes occupations me défendent... Et quant à la baronness, bien que nous n'ayons pas l'habitude de discuter ensemble des questions théologiques, je crois pouvoir affirmer que Sa Seigneurie appartient à une secte protestante très peu nombreuse quoique fort honorable, dont elle a le plaisir d'être un peu la papesse. Je suppose que vous ne verrez là-dedans rien d'extraordinaire. Elle a reconnu le vide de l'Anglicanisme, du Méthodisme, de l'Anabaptisme, du Presbytérianisme, du Hullisme, du Brownisme, du Mickeyisme, du Smithisme, de l'Abrahamiste, du Darwinisme et des sept cent vingt-trois églises qui se partagent la confiance publique dans la joyeuse Angleterre; aussi s'est-elle faite tout simplement Lawtoniste ou Percyiste...

— Allons! conclut la marquise, Hélène Ordener était entre bonnes mains!... Chère enfant, continuez votre histoire, nous nous engageons à ne plus vous interrompre.

— Je me souviens maintenant, reprit Delphine Gay, qu'Hélène parla, quand elle fut interrogée, de gens riches et puissants qui lui avaient témoigné de la bonté. Mais elle n'osait plus retourner vers eux parce que la pensée de son fiancé, disait-elle, lui barrait le chemin. Toute son histoire prouve qu'elle a un singulier tour d'esprit et j'aurais donné beaucoup pour entendre le récit de M. le prince qui se rapporte à elle...

Dans les derniers temps, son logis était rue Montmartre, au cinquième étage d'une grande maison dont le rez-de-chaussée est occupé par un traiteur. C'était le traiteur qui lui louait sa mansarde et qui lui préparait son modeste ordinaire. Elle avait au début, selon les renseignements pris, une très luxueuse garde-robe et même quelques bijoux. Elle disait souvent que, si elle avait eu sa corbeille de mariage, c'eût été de quoi vivre pour le restant de ses jours.

Elle s'habillait proprement, mais simplement, laissant ses belles robes dans l'armoire; elle allait en journée dans le quartier; son état était celui de repasseuse.

Son traiteur, qui s'était inutilement montré galant à son égard, lui conservait de la rancune et l'avait surnommée la *tête percée*, parce qu'elle avait au front une cicatrice de forme ronde et très remarquable...

Je vois à vos sourires, mesdames, que cette circonstance était aussi dans le récit de M. le Prince.

Il n'est malheureusement pas besoin d'expliquer pourquoi une ouvrière peut manquer de travail à Paris. Les choses y sont arrangées de telle sorte que beaucoup de maîtres cherchent des serviteurs, en vain, tandis que beaucoup de serviteurs cherchent, sans plus de succès, des maîtres. Hélène cessa d'aller en journée et entreprit d'habiller des poupées anglaises qu'elle vendait aux marchands de jouets.

Elle habillait ses poupées avec l'étoffe de ses propres robes.

Cette petite industrie vint à lui manquer comme le travail de son état. Je ne crois pas qu'elle eût un caractère à lutter très vaillamment ni très longtemps. Elle s'enferma et vécut dans sa tristesse, solitaire, vendant ses bijoux un à un, engageant une à une ses dernières nippes.

Le traiteur cessa bientôt de lui monter son modeste ordinaire, prétextant qu'il faisait, pendant ce temps, défaut à ses autres clients. Elle mangea du pain et but de l'eau dans sa cellule.

Un jour, après avoir payé la semaine de loyer qu'elle devait, il lui resta une pièce de vingt sous. Elle n'avait plus rien à vendre.

Elle sortit de chez elle avec la pensée de se noyer.

C'était, je vous prie de le remarquer, une pensée toute simple, chez un pauvre être qui n'avait ni passé, ni avenir. On lui avait récemment enseigné Dieu — mais un Dieu vague, philosophique et froid, — le Dieu de la religion Lawtoniste ou Percyiste, comme l'appelle M. le Prince; Dieu peu connu jusqu'à résent et qui est exposé à mourir avec Milady Baronness. Le suicide est un crime pour ceux-là seulement qui comprennent la croix du vrai bon Dieu. Nous avons affaire à une petite sauvage du grand désert Irlandais. Je demande pitié pour ma païenne et pour tous ceux à qui la haute fantaisie anglaise a crevé systématiquement les deux yeux.

La brume tombait quand Hélène descendit la rue des Fossés-Montmartre. Saurait-on dire pourquoi, elle s'arrêta devant l'humble portail de Notre-Dame-des-Victoires? Elle entra, peut-être parce que de froides gouttes de pluie mouillaient ses épaules. En dehors de l'éducation religieuse de Lady Lawton, nous savons qu'elle n'avait jamais mis le pied dans une église.

Il y avait salut; les cierges étaient allumés; les jeunes filles de la congrégation chantaient des cantiques. Hélène fut étonnée et s'agenouilla d'instinct, à l'ombre d'une colonne, écoutant ces chants dont le caractère inconnu allait à son cœur, et, respirant pour la première fois cette mystique ivresse de l'encens. Elle se sentait toute remuée.

Devant elle, il y avait un triangle de fer supporté par une haute tringle et garni de piquants; une vieille femme en était la gardienne; d'autres femmes venaient lui parler tout bas et chaque fois qu'on lui parlait ainsi, la gardienne piquait une petite chandelle allumée sur une des pointes de fer, puis semblait dire une oraison.

De toutes les choses nouvelles qu'Hélène voyait, celle-là excita principalement sa curiosité d'enfant. Elle s'approcha de la vieille femme et lui demanda ce qu'il fallait donner pour brûler aussi une chandelle. Il lui fut répondu deux sous et on lui demanda en échange, *à quelle intention* il fallait allumer son cierge.

Hélène ne comprit point.

La vieille femme, alors, lui expliqua de son mieux que chaque cierge était une prière, implorant l'entremise de la mère de Dieu pour un objet déterminé. Celui-ci demandait la guérison d'une mère, celui-là la santé d'un pauvre petit enfant, cet autre le bonheur d'un époux, cet autre encore le salut éternel d'un bien-aimé père.

Hélène réfléchissait : elle n'avait donc rien à demander, elle!

— D'autres, ajouta la vieille femme, sont allumés pour les morts.

Que peuvent les vivants pour ceux qui, désormais, sommeillent?

Hélène se fit cette question et ne sut que répondre; cependant cette pensée attendrissant son cœur mit une larme au bord de sa paupière.

Elle compta les pointes de fer qui restaient vides. Il y en avait dix. Elle eut un désir enfantin de voir briller

le triangle, lumineux du haut en bas. Elle donna ses
vingt sous en disant :

— Pour tous les morts!

Puis elle retourna à sa place afin de voir la petite
fête de ses chandelles allumées.

Elle resta là jusqu'à la fermeture de l'église.

Quand on la renvoya, elle reprit le chemin de la rivière.

Sur le parvis même de Notre-Dame-des-Victoires, elle
fut accostée par un très jeune homme à l'air modeste et
timide. Il lui dit ces simples mots :

— Bonsoir, mademoiselle.

Hélène était une ouvrière. Il est probable qu'elle avait
fait bien des rencontres de cette sorte, dans les rues de
Paris, le soir. Elle pressa le pas sans répondre, mais le
jeune homme se prit à marcher à côté d'elle comme son
ombre. Si elle s'arrêtait, il s'arrêtait; si elle pressait au
contraire sa course, il la suivait d'un pas semblable, ne
la dépassant jamais et ne restant jamais en arrière.

Hélène le regardait à la clarté des réverbères : il avait
une douce figure pâle comme ces enfants marqués pour
mourir dans le travail de la puberté. Ce n'était certes
pas un de ces audacieux lovelaces qui harcèlent les
femmes dans la rue.

Hélène s'arrêta brusquement aux abords du Louvre.
Le jeune homme en fit de même. Hélène lui demanda
impatientée :

— Que me voulez-vous?

Il répondit, d'une voix aussi douce que l'était sa
figure :

— Je veux vous suivre jusqu'à la rivière.

— Pourquoi cela?

— Pour vous empêcher de mourir.

— Comment savez-vous que je veux mourir?

Le jeune homme ne répliqua pas, mais il reprit après
un court silence :

— Celles qui ont une mère ne songent pas à mourir.
Une mère vous donnerait le pain du corps et le pain de
l'âme.

— Je n'ai pas de mère, dit Hélène, et son pauvre cœur eut comme un serrement.

— Si vous avez confiance en moi, je vous donnerai une mère.

Hélène hésita, mais une force qui était au-dessus de sa volonté, lui mit dans la bouche ces paroles :

— J'ai confiance en vous.

— Alors, suivez-moi, dit le jeune homme.

Il se mit à marcher en prenant le chemin qu'ils avaient déjà parcouru ensemble. Le jeune homme, à son tour, pressait le pas et ne parlait plus. Hélène le suivait, s'étonnant elle-même de son action. Ils remontèrent ainsi la rue Croix-des-Petits-Champs et traversèrent de nouveau la place des Victoires.

Le jeune homme s'arrêta devant une belle maison de la rue du Mail et dit :

— C'est ici, au premier étage. Vous direz à la dame que vous venez de la part de Jean-Baptiste du Rosoir.

Il souleva en même temps le marteau de la porte qui s'ouvrit.

Hélène mit le pied sur le seuil, puis elle voulut se retourner pour demander au jeune homme le nom de la dame, mais le trottoir était désert derrière elle et le jeune homme avait disparu.

Elle entra, comme on suit une impulsion donnée.

Elle passa devant le concierge qui ne l'interrogea point. Elle monta l'escalier du premier étage et sonna. Une vieille servante, habillée de deuil, vint lui ouvrir et la fit entrer, sans l'interroger encore, dans un salon où une dame d'une quarantaine d'années, vêtue de noir de la tête aux pieds, était seule, au coin de son feu. La domestique sortit. La dame qui semblait en proie à une grande tristesse sourit avec bonté et dit :

— Soyez la bienvenue, mon enfant. J'ai grand égard aux recommandations de la personne par laquelle vous avez été adressée à moi. Néanmoins, la place que je vous destine auprès de moi nécessite une confiance intime et absolue, je désire entendre de votre bouche votre propre histoire.

— Hélas! madame, répondit Hélène, c'est une bien

pauvre histoire que la mienne. Je suis née sur la paroisse de Saint-Gilles, à Londres, et je pense que j'ai plus de seize ans...

— Vous pensez?... répéta la dame en deuil; n'avez-vous point d'acte de baptême?

— Je ne sais pas si j'ai été baptisée, répliqua Hélène.

La dame fit un geste de vive surprise et parut fort scandalisée.

— Ma mère, reprit Hélène, était ouvrière à la fabrique d'aiguilles de Witechapel, et mon père, leveur de pâte à la grande boulangerie centrale de Tottenham. Tous deux Irlandais. A vingt-cinq ans, ma mère devint aveugle : c'est l'âge! Il y a cependant des ouvrières qui gardent leurs yeux jusqu'à vingt-six ans. Nous étions sept enfants à la maison; notre maison était une cave humide et noire, dans Baimbridge, où il n'y avait place que pour la paille de mon père et de ma mère. Les enfants dormaient sur les degrés de pierre. J'étais l'aînée. Quand ma mère devint aveugle, j'avais dix ans. Mon père la battit pendant un an, puis elle mourut. Je me souviens bien de ma mère; elle me disait parfois qu'en Irlande, elle allait à l'église, prier Dieu, avec de beaux habits; mais Dieu n'est pas à Londres, ajoutait-elle, et je ne sais plus le prier de si loin. Mon père vendit son corps pour dix shellings aux chirurgiens du Royal-Collège.

« Un homme fort peut durer sept à huit ans dans l'état de leveur de pâte. Mon père, qui était fort devint poitrinaire vers ses vingt-six ans; il était plus jeune que ma mère. Il revint un soir à la maison et me prit par la main pour me conduire dans Oxford-Street, la rue magnifique qui étale sa richesse à deux pas de la misère irlandaise. Il m'apprit à mendier; il voulut m'apprendre à voler. J'avais huit ans : je mendiai, mais je refusai de voler; en rentrant, mon père me battit avec la corde qui avait tué ma mère. »

La dame écoutait cela, comme on écouterait un récit de l'autre monde. Elle regardait Hélène avec des yeux tout grands ouverts et, dans sa stupéfaction, ne trouvait pas de parole pour l'interrompre.

— Je ne sais pas pourquoi, je ne pouvais pas voler, poursuivit Hélène. Tous mes frères et sœurs furent plus obéissants que moi. Mais, mendiants ou voleurs, les Irlandais de Londres sont rivés à la fatalité de leur misère. La misère était chez nous. Tout l'argent s'en allait pour le gin de mon père qui s'enivrait du matin au soir. Nous autres, nous mangions le son que nous vendaient les valets infidèles de l'écurie voisine, ou des pelures de pommes de terre jetées à la rue.

« Il y avait tout près de chez nous, dans Balmbridge, un marché public de ces pelures de pommes de terre : c'est le pain quotidien de l'Irlandais de Saint-Gilles.

« Mon père avait pour état, maintenant, de mettre des planches sur les ruisseaux pour servir de pont aux passants, les jours de pluie. Quand le temps était beau, il dormait le jour et tendait, la nuit, des pièges aux chats pour les vendre aux boucheries italiennes de l'autre côté de Smith-Field.

« On m'a dit, dans le temps, qu'on vendait à ces boucheries, la chair de tous les animaux, y compris la chair humaine.

« Quand j'eus dix ans, on m'acheta une boîte de sapin et l'on m'envoya vendre des bouquets à la porte de Princess-Théâtre, toujours dans Oxford-Street.

« On y chantait alors l'opéra en anglais. Le directeur me vit en passant et m'acheta à mon père pour jouer un rôle d'ange dans le *Paradis-Perdu*. Je me sauvai du théâtre où l'on me battait et je mendiai pendant tout un mois dans les rues, couchant dans les chantiers des Docks. Mon père me retrouva; il me ramena dans Saint-Gilles, la corde au cou, et me revendit à mistress Dawson, qui tenait la blanchisserie de Thames-Street. Je fus repasseuse dans le grand atelier qui renfermait huit cents ouvrières, dont la plus âgée n'avait pas quinze ans. Une fois que je m'étais endormie, accablée de fatigue, car on travaillait dix-huit heures par jour, la nièce de mistress Dawson, intendante de l'atelier, me lança un fer à gauffrer, afin de m'éveiller. Le fer était presque rouge; il me fit au front cette cicatrice que vous voyez.

Cela égaya l'atelier; je fus un mois entier, sur la paille,
à souffrir.

« Il y avait longtemps que mon père ne m'avait ven-
due, cela commençait à lui sembler étrange. Je devais
avoir aux environs de quatorze ans, lorsque David Hammer, le grand magnétiseur, me rencontra au coin d'Oxford-Street et de Baimbridge.

« Il me suivit jusque dans notre cellier et donna dix
louis de France à mon père, pour m'avoir pendant six
ans.

« Cette fois, on signa un papier.

« Le magnétiseur m'emmena aussitôt chez lui et
m'apprit l'état de somnambule. Il me battait moins que
mon père et j'avais chez lui des habits de dame. Je ne
sais pas s'il trompait les gens ou s'il était de bonne foi.
Je crois qu'il en était arrivé à se tromper lui-même.
Je restai chez lui deux ans.

« Au bout de ce temps, un grand seigneur français
vint nous voir, pour évoquer une morte. Il se trouva que
je ressemblais à la morte. Le grand seigneur m'acheta
deux cents louis afin de remplacer la morte auprès de
son fiancé qui était fou. J'aimais le fou; il mourut dans
mes bras et je m'enfuis. J'essayai de travailler pour
vivre, j'usai mes ressources, et, ce soir, je voulais mourir, quand j'ai rencontré la personne qui m'a envoyée
vers vous... »

Delphine Gay s'arrêta, parce que le salon était plein
de murmures. Le mot exagération était dans toutes les
bouches, mais chacun le prononçait très bas, en effet
la critique, ici, était voilée par la courtoisie.

— Mesdames, dit le prince de Talleyrand, je suis
l'ami des Anglais, l'Europe entière me jette chaque jour
au visage ce compliment ou cette injure. On vient de
toucher devant vous, sans amertume ni colère, la plaie
d'un grand peuple. C'est une médaille glorieuse qui a
son infâme revers. Non seulement, il n'y a point exagération, mais si l'univers a un cœur, quiconque exposera
sciemment et sincèrement les misères de Londres, sou-
lèvera le cœur de l'univers!

— Que ne le faites-vous, prince? demanda-t-on.

— J'ai des habitudes de propreté qui s'y opposent, répondit froidement M. de Talleyrand. Et d'ailleurs, l'Europe a raison : je suis l'ami de l'Angleterre.

— Mesdames, reprit Mlle Gay, je vous supplie de me pardonner, si j'ai blessé sans le vouloir quelque convenance, mais je vous raconte ici un fait rigoureusement historique, qui s'est passé hier et dont tout Paris s'entretiendra demain. On parle déjà partout de la Belle Irlandaise. Les uns crient au miracle, les autres à la supercherie. Il ne m'est pas donné de choisir entre les deux.

A cet étrange récit, la dame en deuil demeura comme vous pétrifiée de stupéfaction. Elle avait pour cela les mêmes raisons que vous, d'abord; ensuite, elle en avait d'autres encore. Elle resta un instant silencieuse, regardant Hélène Ordener qui se tenait debout devant elle, belle, triste, mais résolue dans sa modestie.

— Il y a méprise, dit-elle enfin, méprise évidente! M. le curé ne m'a pas dit un mot de tout cela!

Elle chercha un objet parmi les ouvrages d'aiguille et les livres de dévotion qui étaient sur son guéridon et tout en cherchant elle poursuivait :

— J'avais demandé une demoiselle de compagnie à M. le curé de Notre-Dame-des-Victoires; une jeune personne qui pût être auprès de moi comme ma fille... Car je suis seule maintenant! ajouta-t-elle avec un profond soupir. J'ai là lettre où M. le curé m'annonçait pour ce soir sa protégée... Comment vous nommez-vous, mon enfant?

— Hélène Ordener, madame.

— Ce n'est pas ce nom-là... ma bonne qui était prévenue vous a fait entrer tout de suite... c'est une méprise!

— Mais cela n'empêche pas, se ravisa-t-elle, que je fasse volontiers quelque chose pour vous. Dites-moi franchement, mademoiselle, ce que vous désirez de moi?

— Le pain du corps et le pain de l'âme, prononça Hélène, répétant, comme malgré elle, les propres paroles du jeune inconnu.

La dame fronça les sourcils; l'emphase déplait aux bonnes âmes.

— Et ce n'est pas M. le curé qui vous adresse à moi ? demanda-t-elle?

— Non, madame.

— Qui donc?

— Un jeune homme.

— Quel jeune homme? interrogea encore la dame dont la voix s'altéra.

— Je cherche son nom, dit Hélène troublée, mais je ne trouve plus.

— Vous ne le connaissiez donc pas?

— Je l'ai vu ce soir pour la première fois.

— Et où l'avez-vous vu?

— Dans la rue.

La dame se leva. Son air était sévère.

— Mademoiselle, dit-elle, j'ignore ce que vous avez espéré et pourquoi vous avez choisi ma maison pour jouer une pareille comédie...

— Jean-Baptiste!... s'écria Hélène tout à coup avec cet élan que donne la lumière faite soudain au fond de la mémoire. Son nom est Jean-Baptiste!...

La dame en deuil devint très pâle. Hélène vit ses mains qui tremblaient.

— Jean-Baptiste du Rosoir, ajouta-t-elle, pourtant, c'est bien son nom!

La dame se laissa tomber dans son fauteuil et couvrit son visage avec ses mains. Hélène stupéfaite entendit ses sanglots et vit des larmes couler au travers de ses doigts.

Tout à coup, la dame en deuil se dressa sur son fauteuil et dit avec une indignation concentrée :

— Malheureuse! vous parlez à la mère de Jean-Baptiste du Rosoir!

— Il ne me l'avait pas dit, madame, répliqua Hélène qui ne comprenait rien à cette colère. Mais, j'avais cru deviner...

— Oh! malheureuse! malheureuse! s'écria la pauvre mère. Voilà quinze jours aujourd'hui que mon unique enfant m'a laissée seule sur la terre pour s'en retourner

au ciel... Et vous venez jouer, vous, si jeune, avec la
douleur d'une mère!...

— Madame... balbutia Hélène, si j'ai été trompée moi-
même...

— Taisez-vous et sortez!

Son doigt impérieux montrait la porte.

Hélène releva la tête.

— Madame; dit-elle, s'il y a un mystère, il est au-
dessus de ma portée; mais je ne sortirai pas avant de
m'être lavée du crime d'imposture... J'allais mourir,
quand il m'a dit : « Je vous donnerai une mère... »

— Mensonge théâtral et odieux!... sortez, vous dis-je.

— Comment donc vous convaincre! s'écria Hélène
avec un sauvage emportement; et puisqu'il est venu une
fois déjà, que ne revient-il m'apporter son témoignage!...

Elle s'interrompit, elle recula, elle resta la bouche
béante et les bras tendus vers un portrait qui pendait à
la muraille en face d'elle.

C'était le portrait de Jean-Baptiste du Rosoir et c'était
bien ce pâle jeune homme qui lui avait parlé dans la
rue.

Mme du Rosoir avait suivi son regard, son bras qui
montrait la porte retomba.

— Le voilà! murmura Hélène d'une voix profonde; il
est témoin! il me parle! il me dit de vous rapporter une
circonstance que j'avais oubliée; avant de mourir et
avec ma dernière pièce d'argent, j'avais, dans l'église
voisine de votre demeure, allumé dix cierges à l'autel
de la Vierge. *Pour tous les morts...*

Ce qui se passa dans le cœur de la mère, vous le
devinez, mesdames. Hélène ne fut point chassée.

Hélène est maintenant la fille d'adoption de Mme du
Rosoir.

Chacun de vous pourra, la semaine qui vient, assister
au baptême sous conditions d'Hélène Ordener du Rosoir, qui aura lieu à l'église de Notre-Dame-des-Victoires. La première communion suivra, puis son mariage
avec le fils aîné du général comte de C... qu'elle a
choisi entre vingt prétendants.

Voilà l'histoire d'*Hélène*.

Elle apprend à ne point négliger les morts.

V

LES UNIVERSITAIRES D'OUTRE-TOMBE

Le Bierhaus de l'Université. — Les camarades. — Frédérick, Goëtz et Margareth. — Gambrinus et Méphisto se réincarnent. — L'ouverture du tournoi. — La pipe, l'épée et le vidrecome géants.

Ce *Bierhaus* ou débit de bière appartenait à Bastian Schmoll et à sa sœur la jolie Margareth. Il était situé dans le milieu de l'Abten-Strass (rue de l'Abbaye) qui descend jusqu'aux bords encaissés du Nesembach.

L'Abten-Strass est une des principales rues de Stuttgard.

Maître Bastian, ex-cavalier des cuirassiers blancs, était un fier garçon de trente ans. Le métier de débitant ne semblait pas fait pour lui; pourtant, il s'y était mis bravement, après la mort de son père, et cela pour achever de faire une dot à Margareth, sa petite sœur, comme il l'appelait.

Margareth était en effet une enfant en comparaison de lui : elle allait avoir dix-sept ans. Ses yeux, d'un azur transparent comme le ciel au printemps, avaient un reflet changeant, et semblait parfois deux lapis aux couleurs d'aigues-marines. De son regard tombait un sourire mélancolique et doux comme la sentimentalité rêveuse des Allemandes de ballades.

Deux lourdes nattes blondes, ainsi que sont blonds les épis mûrs, s'échappaient de son petit bonnet de velours rouge, jetant des ombres soyeuses sur ses épaules d'une blancheur liliale.

Nous l'avons dit, elle avait nom Margareth (Marguerite). Ce n'est pas de notre faute si ce nom a quelque ressemblance avec celui de l'héroïne de Goethe. A part ce nom d'ailleurs et le pays d'Allemagne, il n'y avait rien de commun entre les deux Marguerites.

Le Bierhaus où Bastian servait de la bière, de la choucroute, du jambon fumé et de longues pipes de porcelaine aux étudiants de l'Université avait, au dehors, une fort belle enseigne qui faisait l'admiration des clients.

C'était tout simplement le fameux Gambrinus, comte de Brabant et héros légendaire, au génie duquel est attribuée la première tonne de cervoise.

L'enseigne le représentait assis sur une barrique, couvert d'une armure d'or, le manteau royal sur les épaules et couronne en tête. Il était chevelu et barbu, ce roi du moos et plus roux qu'une brique au sortir du four. Il mirait avec amour une grande chope de bière, dont la mousse se répandait en flocons sur sa barbe d'apôtre, taillée en forme de pelle à pain.

Mais c'est assez parler d'une enseigne. La blonde Margareth avait été demandée en mariage par un jeune *Renard* nommé Frédérick qui ne pouvait fumer une pipe sans avoir des vertiges, ni boire une bouteille de marknheim (vin du Rhin) sans voir les murs du Bierhaus se mettre à polker autour de lui...

Vous vous demandez peut-être si mon intention est de me moquer de vous? Car, enfin, un renard demande-t-il jamais une fille en mariage? Un renard fume-t-il? Un renard boit-il du vin?

Oui bien, s'il vous plaît! mais en Allemagne seulement.

Les renards français ont d'autres coutumes.

Expliquons-nous :

Les université allemandes ont des mœurs étranges. A l'époque dont nous parlons, sous la Restauration, elles se séparaient en deux classes : les *Burschenschaft* ou famille des camarades, et les *Landsmannschaft* ou famille des compatriotes.

C'étaient des associations d'études, cependant il y avait bien chez eux quelques petits mystères, car les étudiants d'outre-Rhin ont les mêmes tendresses que nos francs-maçons de Paris pour la chair de poule.

Les camarades étaient batailleurs et conspiraient franchement; les compatriotes étaient également batailleurs, mais ne s'occupaient guère de politique.

Certes, chez ces jeunes gens, il y avait du cœur, de la franchise et de l'honneur; pourtant dans le sanctuaire des longues épées et des grandes pipes, l'air était lourd, la bière épaisse, la gaieté froide.

Voici les titres, maintenant :

Avant tout et contre tous ils détestent le *Philistin*, c'est-à-dire tout ce qui n'est pas étudiant.

Le *Renard*, c'est le conscrit, cet enfant naïf et ignorant, ce plastron, cette victime qui vient de quitter l'aile maternelle.

Puis, vient le *Renard enflammé*, second degré, montrant déjà un soupçon de moustache et fumant, comme un beau diable, pour bien démontrer qu'il a conquis le premier galon universitaire.

Ensuite c'est la *jeune Maison;* (ne riez pas, c'est là leurs titres! Or, vous peinerez fort avant de trouver l'endroit où ils les ont pêchés!) Après quelques mois d'études, de bombances et duels la jeune Maison devient *vieille Maison* (c'est l'ordre naturel des choses), puis *Maison moussue*, ce qui est le comble!

La Maison moussue a droit au titre vénérable de *Renard d'or*.

Ces différents degrés se franchissaient par l'ancienneté, la présence aux cours et à la taverne; mais il y avait encore d'autres honneurs auxquels on ne pouvait prétendre aussi facilement. Il y avait des existences brillantes dont la gloire éclatait tout à coup. Ceux-là n'avaient pas besoin de donner la date de leur entrée dans la famille dont ils formaient la tête; c'étaient les *Crânes*.

Il y avait trois épreuves à passer pour arriver à cette noble position de crâne, ou, pour mieux dire, il fallait choisir entre trois épreuves : le *scandal-pro patriâ*, le *scandal-contra* (sous-entendu Philistinos), et le *bier-scandal*, le plus terrible.

Le mot *scandal* signifie ici combat à outrance. Le *scandal-pro patriâ* était la bataille entre étudiants; il n'avait lieu que par la permission expresse des Anciens, et lorsque la ville était trop étroite pour contenir deux Crânes de renommée égale. Le *scandal-contra* était moins rare et finissait souvent d'une façon tragique; il était produit par la rivalité naturelle de messieurs les étudiants contre les officiers de l'armée.

A ce propos, lorsque la *Verbindung* (société des étudiants) se réunissait annuellement dans la grande salle de la taverne de Bastian, pour organiser, en séance extraordinaire et nocturne, la grande bagarre contre les officiers badois, wurtembergeois ou hessois, cela se nommait le Grand-Scandal (*Scandalum magnum*).

Enfin, le *bier-scandal* était la lutte des chopes contre la nature humaine!

Pour en revenir à Margareth, elle partageait assez bien le sentiment de Frédérick, ce délicat universitaire qui avait demandé sa main à son frère. Mais elle n'avait guère confiance dans le résultat, parce que la demande avait été formulée très timidement et que, d'ailleurs, elle connaissait suffisamment les idées de Bastian.

Bastian qui, aux cuirassiers blancs, avait été proclamé deux fois roi de la bière dans un *scandal*, professait, à cet égard, les principes les plus avancés. A son sens de Germain, celui dont la capacité refusait à donner asile, dans la même soirée, à cinq *docteurs* et à un nombre égal d'*évêques* (1), n'était pas un homme. Il le considérait comme un être très inférieur dans l'échelle sociale.

Nous devons le constater, dans notre impartialité, la question commerciale n'entrait pour rien dans cette opinion du tavernier, puisque le grand jour, et pour mieux dire le grand soir, où l'Université couronnait une tonne humaine, Bastian faisait jouer gratuitement les pompes à bière.

Or, huit jours après celui où commence notre récit, il devait y avoir un Bier-scandal.

____

(1) Ils ont de ces noms étranges autant que peu respectueux pour désigner leurs mesures de bière.

La pauvre Margareth appréhendait à juste titre cette fête universitaire où son Frédérick, le petit renard, n'aurait sans doute pas un rôle très brillant, aux yeux de Bastian.

A dire vrai, Frédérick avait un rival redoutable : le beau Goëtz Mitsser, le véritable *Degen*, la première épée de l'Université de Tubingue, un fier blond pâle, à l'œil fatal, à la voix sonore et profonde. Ce grand Goëtz, de sa prunelle de topaze, vous fascinait toutes les jeunesses de la ville, ainsi que l'épervier éblouit la colombe avant de fondre sur elle.

Margareth avait depuis longtemps deviné qu'il la convoitait comme une proie, elle et sa dot. Personnellement, elle résistait. Elle n'en constatait pas moins l'habileté profonde de ce don Juan qui avait commencé par gagner l'amitié du frère, afin de s'emparer plus facilement du cœur de la sœur.

Certes, le gros Bastian n'ignorait aucun des exploits de Goëtz, mais, prenant la chose du côté chevaleresque, il admirait naïvement ce beau pourfendeur, ce buveur intrépide dont la raison ne s'égarait jamais et qui restait toujours aussi solide sur ses jarrets, malgré la grande quantité de liquide absorbé.

Ce bon diable de Bastian n'avait pas le défaut d'y voir plus loin que le bout de son nez, aussi rêvait-il cet époux pour Margareth, qui tremblait et blémissait sous le regard de flamme du superbe étudiant, s'avouant tout bas qu'elle n'aurait peut-être pas la force de résister, s. ce lion des écoles venait à lui donner un premier coup de dent.

Pauvre petite Margareth, elle connaissait toutes les légendes fantastiques qui ont cours, comme pain béni, de l'autre côté du Rhin. Elle se figurait voir en Goëtz un de ces génies malfaisants qui courbent les plus forts à l'aide de maléfices puissants.

Les légendes teutonnes lui envahissaient la tête, elle avait comme une prévision fatale de son avenir et cette terreur à échéance lui donnait le vertige, éblouissement qui attire invinciblement vers l'abîme.

Elle était pourtant chrétienne, la chère enfant. Dans

sa détresse, après avoir imploré le secours du ciel en qui se confie la faiblesse, après avoir parlé à Dieu, elle eut l'idée enfantine d'invoquer l'assistance de celui sous le vocable duquel était placé son toit un peu trop hospitalier.

Elle osa faire cela une nuit de pleine lune. Accoudée à la barre sculptée de sa fenêtre, elle osa s'adresser au bon Gambrinus, le puissant brasseur et buveur de bière qui, sur sa potence de fer, versait éternellement la liqueur opalescente de son moos, et le supplia de venir la défendre contre le fier Goëtz et de lui donner Frédérick en mariage.

Une jeune fille sage et croyant en Dieu doit bien se garder d'invoquer ainsi des saints qui ne sont pas sur le calendrier romain.

En somme, c'était une petite impiété et nous allons voir ce qui devait en résulter.

❖

Quoique vous en puissiez penser, l'invocation de Margareth avait été jusqu'au ciel et le bon ange de l'enfant avait demandé à Dieu la permission d'aller un peu sur terre pour la soutenir : ce à quoi il avait été autorisé à la condition expresse qu'il saurait revêtir une forme capable d'en imposer aux hommes, tout en leur laissant ignorer son essence supérieure.

Eh bien, cette scène qui avait lieu au Paradis se reproduisait aussi en Enfer. Là, le démon familier des orgueilleux et des envieux, obtenait l'autorisation de Lucifer de retourner un peu sur la terre, sous une enveloppe mensongère qui lui avait déjà servi à capturer les âmes, afin de porter aide à Goëtz-Mitsser.

Car, par une bizarrerie singulière, cette même nuit, à la même heure, ce valeureux *Renard d'or* de Goëtz, qui était un lecteur effréné de Goethe, errait alors sur les bords du Nesenbach. Il venait d'évoquer l'ombre de Méphistophélès et lui demandait de vouloir bien l'aider à perdre Margareth, comme, en une circonstance sem-

blable il avait si admirablement servi le docteur Faust,
en perdant l'autre Marguerite.

Ni Gambrinus, ni Méphistophélès ne répondirent
pourtant aux deux jeunes gens.

Mais à la minute précise où le Renard rêveur et la
blonde Margareth faisaient cette double prière, deux
étrangers, portant le costume des étudiants allemands,
suivaient le Graben, cette belle large rue qui longe la
ligne des anciens fossés de Stuttgard et en fait l'orgueil.

Ces deux étudiants semblaient différer de forme autant que leurs vêtements étaient dissemblables.

Le premier, arrivant sans doute d'Heidelberg était
tout habillé de sombre et, derrière lui, son manteau battait comme de grandes ailes.

Il allait en s'appuyant sur une rapière à coquille bru-
nie, et longue autant qu'une longue lance. De temps en
temps, il mouchetait le ciel en faisant sortir d'une petite
pipe de porcelaine des bouffées de fumée. Celle-ci, avant
de disparaître, prenait les formes les plus fantastiques.

Il paraissait d'une hauteur démesurée grâce à la maigreur et à la longueur de ses membres.

Sur sa tête ne se voyait point la casquette universitaire, mais un chapeau pointu à bords retroussés, que
décoraient deux plumes de coq de bruyère, formant des
antennes sur le devant.

Deux prunelles noires, profondes et brillantes, lui-
saient comme des lampyres au milieu d'un visage
osseux, sous un front bombé d'une blancheur curieuse.
L'arête tranchante du nez, qui se découpait en bec
d'aigle, de fines moustaches d'un roux sombre retrous-
sées à la cavalière, et une barbiche fendue en pince
de crabe donnaient à cet ensemble une expression satanique.

Enfin sa chevelure, de la même nuance que la barbe
et taillée en brosse, formait une pointe sur le devant,
dégageant les tempes et terminant assez bien cette tête
bizarre et sinistre, uniquement composée d'angles
aigus.

Le second étudiant, lui, venait de Kœnigsburg, c'est-
à-dire du côté opposé. C'était un compagnon solide et

joyeux, dont les formes athlétiques se moulaient sous un court veston orange à brandebourgs verts, une culotte de peau gris-souris et de grandes bottes molles.

Sur son épaule droite, il portait un petit paquet noué dans un foulard multicolore et suspendu à la poignée d'un gigantesque *Schlager* (épée de combat) qui étincelait en renvoyant les pâles lueurs de la lune. A sa hanche gauche, accrochée à son cordon de *schore* (1) mi-partie or et bronze, pendaient une magnifique *meerschaum* (pipe en écume de mer) et une blague à tabac en soie violette, à grosses floches.

Cette magnifique *maison moussue* ou pour mieux dire ce superbe *renard d'or*, car il avait vraisemblablement droit à ce titre vénérable, frisait la trentaine et semblait plus petit que l'autre étudiant quoiqu'il eût au moins dix centimètres de plus.

Il laissait flotter à la brise une crinière d'un roux vif et lumineux, et sa barbe, en forme de pelle à four, venait lui balayer les épaules. Quant à ses moustaches, leur longueur était surprenante, il aurait pu les nouer derrière sa tête et faire encore une belle rosette sans grand'peine.

Sur le sommet du chef, tout au milieu de ces ondes rousses et mouvantes, et comme y formant un îlot, était posé en équilibre un petit toquet de drap panaché jaune, vert, rose et blanc, ainsi qu'une glace café, pistache, framboise et vanille.

Il faisait de merveilleuses enjambées, ne mesurant pas moins d'une aune, tout en chantant d'une belle voix de baryton qu'il avait les paroles latines des *burschen* de **Kœnigsburg** :

> *Late belli sonus*
> *Tabarum que strepit;*
> *Ecce fugit Bacchus.*
> *Bacchum Mars excipit;*
> *Arma voluptatis*
> *Pocula ponite;*
> *Ensibusque strictis*
> *Amici vincite!*

(1) Cordon de soie dont la couleur distingue les différentes universités.

Quoique venant par deux côtés différents, ces deux personnages entrèrent en même temps dans l'Abten-Strass et s'arrêtèrent simultanément devant le Bierhaus de Bastian.

Ils se saluèrent cérémonieusement, et, comme la porte n'était pas assez large pour qu'ils pussent entrer de front, l'étudiant aux formes athlétiques parla le premier :

— *Salutem do doctæ Universitatis Heidelbergii doctissimo legato* (1), dit-il.

— *Salve, o generose celebris collegii chirurgiæ Kœnigsburgii legato* (2), répondit le fantastique personnage maigre en faisant un fort plaisant salut avec sa rapière.

Le premier reprit avec un sourire épanoui qui lui allait à merveille :

— Je n'ai pas besoin de te faire savoir que, si je suis venu ici, c'est que je savais t'y rencontrer.

L'étudiant squelettique eut un rire de crécelle à faire frissonner les pierres.

— Parfaitement, riposta-t il.

Et, tous deux, avec une politesse exagérée :

— Entrez donc, je vous prie!

— Je n'en ferai rien, après vous seulement.

— Vous me froisseriez!

— Ah! par exemple, cher comte!

Pardonnez-moi de donner un peu de couleur locale; les étudiants d'Outre-Rhin, dans les circonstances solennelles, font un usage inconsidéré du langage de Cicéron.

Or, ce dialogue, fait en latin, était à peine terminé que l'étudiant anguleux disparaissait, passant au travers de la muraille du Bierhaus.

— Arriéré! fit avec mépris l'étudiant hercule que cette disparition incroyable n'étonna nullement. S'il en est encore là à cette époque, où les jeux de ce genre

------

(1) Je salue le très-savant délégué de la docte Université d'Heidelberg.

(2) Salut au brave délégué du célèbre collège de chirurgie de Koenisburg.

sont à la portée de tous, le cher garçon n'a plus que
la ressource d'aller donner des séances de prestidigi-
tation amusante.

Il poussa la porte en haussant les épaules.

A la vue des deux nouveaux arrivants trois hourras
furent poussés à pleine voix.

Maître Bastian avait une fière clientèle, ce soir, toutes
les tables de la taverne étaient entourées de buveurs.

Un ancien, considérablement alourdi par l'absorption
d'une quantité énorme d'*évêques* et de *docteurs*, murmura en se hissant péniblement sur une table :

— Ah! je me doutais bien qu'ils nous enverraient
leurs délégués... Hourra! pour Albert-Albrecht de
Kœnigsburg!

— Hourra! répéta l'assemblée tandis que toutes les
casquettes volaient u plafond.

— Hourra! pour Frantz Manfred de Heidelberg!

Après avoir recueilli ses esprits, l'Ancien reprit :

— Tous les peuples sont frères! Puisque ces francs
buveurs, en dignes fils qu'ils sont de la vieille Université, viennent nous disputer le prix du *bier-scandal*, je
propose, moi, Hartmann Kœnig, d'aller flanquer une
volée de bois vert, *nunc et vehementer* au gros Bastian
Schmoll, en l'honneur de ses deux braves compagnons.

Et le redoutable Hartmann Kœnig voulut sauter sur
le plancher; mais ses jambes étaient trop molles et sa
cervelle trop nuageuse pour un semblable exercice.
Aussi, trébuchant contre un moos, il s'étendit tout de
son long, sur cette table témoin de ses exploits, en
murmurant d'une voix gaillarde :

— Qui m'aime mette ses semelles dans les talons de
mes bottes!

Cette phrase, prononcée au moment même où son
auteur était dans un si piteux équipage, acheva de
mettre la docte société en gaieté.

Comme on l'a déjà deviné sans doute, l'étudiant Albert-Albrecht de Kœnigsburg n'était autre que Gambrinus, le très illustre comte de Brabant, premier brasseur
de bière. Il revenait faire une petite promenade sur

terre, afin de mettre un peu d'ordre dans les amours de la petite Margareth.

L'autre étudiant, Frantz Manfred d'Heidelberg, était également un revenant; non pas de création divine comme Gambrinus, mais bien poupée articulée et pensante due à l'inventif cerveau du génie humain. Il avait nom Méphistophélès et se sentait de taille à perdre Margareth, puisque c'était son métier.

⁂

Cette nuit-là, le gros Bastian ne reçut aucune volée de bois vert, *nunc et vehementer* suivant la prescription du féroce Hartmann Kœnig, et la bruyante réunion se contenta de vider force séries de *seidel* (chope à couvercle).

Lorsqu'il fut temps de se séparer, ces braves jeunes gens voulurent faire les honneurs d'une retraite aux flambeaux à Albert Albrecht-Gambrinus et à Frantz Manfred-Méphisto, mais ils ne furent pas peu stupéfaits de voir le premier s'arrêter à l'hôtel de l'*Abten* tandis que le second poussait jusqu'à l'hôtel du *Graben*.

Le belliqueux Hartmann Kœnig expliqua alors aux étudiants ce qu'il avait remarqué dans la ville :

Les deux délégués d'Heidelberg et de Kœnigsburg s'étaient placés avec ostentation aux deux bouts de la table, et, de là, ils s'étaient observés comme deux chiens de boucher qui viennent de se secouer la peau à coup de crocs.

Hartmann ajouta :

— Je ne m'étonne nullement de ce commencement d'animosité et même je m'en réjouis fort... je parie ma plus grande pipe de porcelaine contre le cuir d'un vieux fourreau d'épée que les deux délégués iront décrocher les rapières du *coin de l'honneur* avant leur départ de Stuttgard.

Le pari ne fut pas tenu et Hartmann en fut pour ses frais d'éloquence.

Frédérick, pas plus que Goëtz, ne connaissaient en-

core l'arrivée des deux nouveaux champions, venus
pour disputer le prix du Bier-scandal, qui devait avoir
lieu dans la soirée du huitième jour suivant.

Le comte de Brabant et le damnable compagnon du
docteur Faust avaient donc toute une semaine devant
eux pour préparer leurs batteries de siège.

Dans cette horrible partie, dont l'enjeu était l'âme
de Margareth, les deux joueurs avaient le pouvoir absolu d'user de tous leurs moyens surnaturels, à la condition, toutefois, de ne se faire connaître à leurs protégés que sous les noms de Frantz Manfred et d'Albert
Albrecht. Une loi mystérieuse et immuable leur inter-
disait de se révéler autrement.

Informations prises, le bon Gambrinus demeura stupéfait de la mauvaise qualité du jeu qu'il avait en
main : Margareth et Frédérick, ses deux protégés,
étaient parqués dans un de ces prés verdoyants où les
timides agneaux bêlent lamentablement en attendant
la venue du boucher, sans chercher à cabrioler par-
dessus les barrières, et, pour comble de déveine, le
naïf et soldatesque Bastian se mettait, avec toute sa
grosse dose de bêtise, du côté du boucher.

— Oh! oh! se dit le bon inventeur de la bière, en
caressant avec mauvaise humeur sa barbe d'or. Oh!
oh! par Sainte Geneviève de Brabant! je crois que ce
diable de Méphisto va avoir toutes les facilités désira-
bles pour me donner les étrivières. Aussi dois-je m'em-
presser de couper au plus vite par un chemin de traverse, pour arriver avant lui à la station.

Il mit sa tête entre ses main et reprit :

— Procédons par équations; nous savons parfaitement l'un et l'autre pourquoi nous sommes ici, donc
égalité complète sur ce point. Où l'égalité n'existe plus,
c'est dans nos manières d'opérer : je connais la sienne,
elle sera la même de toute éternité; quant à la mienne,
il l'ignore et doit supposer que je veux faire de l'art
pour l'art, c'est-à-dire de la vertu la plus transcen-
dante.

Il s'arrêta encore et eut un rire bonhomme.

— Depuis notre époque reculée, continua-t-il, la

chimie a fait de superbes progrès. C'est merveilleux
de voir les fabrications actuelles : on n'a plus besoin
de raisin pour faire le vin, ni de houblon pour brasser
la bière! Abomination! Ah! nous étions fameusement en
retard, autrefois! Enfin, partant de ce principe qu'on
peut faire quelque chose avec rien, et du bon avec du
mauvais, il me paraît assez logique de brasser de la
bonne et saine morale avec les ingrédients du vice,
concassés et massérés avec soin dans une dose conv, en-
nable d'élixir de scepticisme, acidulés d'un mince filet
de scélératesse.

Il se frotta, ma foi, les mains, tant cette phrase com-
pliquée lui donnait de satisfaction, et il poursuivit :

— Cette opération, aussi neuve que hardie, aurait
le double avantage de n'être pas à la portée de mon
adversaire qui, suivant une fausse piste, se réjouira
dans son for intérieur de cette chute renouvelée du
paradis perdu... En mettant en jeu les passions de mes
marionnettes, en faisant mouvoir leurs ficelles ou leurs
nerfs, ce qui est tout comme, je leur donne l'agitation
morale, le mouvement, l'action; j'allume un commencement d'incendie dans le cœur de Margareth; je déchaîne
un orage de jalousie sur Frédérick; Goëtz, le protégé
de mon partenaire, lâche la proie pour l'ombre et me
déclare la guerre... Alors je triomphe sur toute la ligne
jusqu'à l'heure où vaincu comme Goliath par David-
Frédérick, auquel j'aurai fourni préalablement la fronde
et le caillou... je me transformerai en garçon d'honneur!
et dig! ding! dong! sonnez des cloches le gai carillon!

Sur ce raisonnement excentrique, débité d'un seul
trait, Gambrinus-Albert souffla comme un phoque, puis
il brossa sa crinière et sa barbe léonine, mit à sa chemise un col brodé, sur ses épaules un veston à brandebourgs de soie et monta dans une voiture de place
(*Droschke*) pour aller se promener en ville.

Tout en se promenant, il fit l'achat d'un superbe
bouquet chez un horticulteur du Graben.

Lorsqu'il rentra, les cours avaient pris fin, et de
nombreux étudiants étaient attablés au Bierhaus.

Margareth et Bastian circulaient au milieu de leurs

hôtes, commandant la manœuvre aux garçons qui faisaient la navette entre les pompes et les tables, toujours armés de seidel et de moos, tantôt pleins, tantôt vides.

Dans un coin, à l'écart, Goëtz, flanqué du célèbre docteur de Heidelberg, Frantz-Méphisto, fumait mélancoliquement sa longue pipe en regardant Frédérick. Celui-ci, assis à l'autre bout de la salle, donnait une leçon d'anatomie descriptive à un jeune *renard* arrivé la veille à Stuttgard.

A l'Université on considérait déjà Frédérick comme un *studiosus* des plus distingués.

Le bon Gambrinus fit semblant de ne pas voir les deux rivaux. Il s'en fut droit à la jolie Margareth, et, les bras arrondis, la bouche en cœur, il lui présenta son bouquet accompagné d'un compliment fort bien tourné.

Avec l'habileté de ces magnétiseurs de choix qui dosent le fluide qu'ils secouent sur leur « sujet », Gambrinus avait saupoudré ses fleurs, roses et myosotis, de douces et suaves effluves qui ne devaient troubler en rien le cœur de la jeune fille, mais éveiller seulement en elle une certaine curiosité, en jetant des distractions dans sa pensée.

Lorsque les grands yeux de Margareth se rencontrèrent avec ceux de l'ex-comte de Brabant, ils y restèrent attachés avec une expression de surprise aimable qui prouva à celui-ci que son fluide n'était pas éventé.

Elle balbutia un remerciement en rougissant, fit une belle révérence et s'en alla planter son bouquet dans un vase en cristal de Bohême.

Cette première flèche avait atteint son but.

Le beau Goëtz s'était levé en fronçant le sourcil, et le visage de Frédérick s'était revêtu d'une pâleur mortelle.

— Tonnerre et tempête! (*Donnerwetter*) s'écria Goëtz en écrasant le fourneau de sa pipe sur une table; ce Samson de pacotille serait-il assez insensé pour venir se jeter à la traverse de mes pensées?

— Très cher collègue, fit Méphisto d'une voix sucrée, cela n'est guère présumable... en tous cas, celui-là serait moins à craindre que l'autre.

Il montrait en même temps Frédérick.

Le beau Goëtz eut un sourire de pitié :

— Vous moquez-vous de moi? demanda-t-il orgueilleusement; je suis la *première épée!*... Le pauvre garçon n'est ni dangereux ni gênant... si cela advenait, d'ailleurs, je l'enverrais *ad patres!*

— Excellente idée! répliqua Méphisto en forme de conclusion.

Pendant ce temps, Gambrinus avait pris place à la table des *maisons moussues*, présidée par Hartmann Kœnig, et menait un tapage indécent.

Pendant la journée, il avait envoyé à Bastian cinquante carafons de *markgrafler* (vin de Margrave), pour payer sa bienvenue à Stuttgard, et les coupes de cristal remplaçaient alors les chopes jaunes.

— Vénérables *maisons moussues*, commandées par la *première épée*, très intéressants *renards enflammés* que la *seconde épée* guide sur la voie sacrée du savoir, de l'amour de la patrie et de la liberté, criait Gambrinus d'une voix de stentor, en montant sur la table et en élevant sa coupe presque aux solives du plafond, à vous; mes frères, dans l'art sublime de remonter et de détraquer la machine humaine, je fais cette libation... interne! Vienne le jour où la blonde Allemagne, en se couchant sur la carte d'Europe, reposera sa tête sur la Pologne entière régénérée, et allongera ses deux bottes sur la France, le pied droit sur la **côte de Bretagne**, le talon gauche dans les vignobles bourguignons.

Des hurlements d'Apaches, comme n'en entendit jamais Fenimore Cooper, et tous les **cris de l'arche de Noé** répondirent à ce toast d'un patriotisme exagéré.

Dans une exclamation furibonde, comme seul il savait en avoir, Hartmann Kœnig rugit :

— C'est à la *première épée* qu'il appartient de répondre au toast, aussi immense que prophétique dont notre ami Albert Albrecht de Kœnigsburg nous a fait l'honneur... *Ergo!* place à Goëtz!

Tous les étudiants se levèrent en criant :

— Goëtz Mitsser! Goëtz Mitsser!

D'après les loi du *Burschenschaft*, Goëtz ne pouvait

refuser de répondre au toast du délégué sans faire une profonde injure à toute la famille des camarades.

Aussi, malgré sa mauvaise humeur évidente, il prit une coupe et s'avança majestueusement vers la table qui servait de socle à cette vivante statue de Gambrinus, en disant :

— Sans avoir besoin de la mémoire de leurs frères de Kœnigsburg, les fils de notre vieille Université se souviendront, à l'heure où le clairon sonnera, qu'ils sont les plus brillantes épées du territoire allemand...

— Invaincus autant qu'invincibles à tous les tournois! interrompit Gambrinus-Albrecht avec une pointe de malicieuse raillerie dans la voix.

Il était impossible à Goëtz de ne point comprendre que le délégué de Kœnigsburg donnait un sens ironique à ses paroles; mais comme il était décidé à ne point s'emporter avant d'avoir quitté son poste officiel de « première épée », il répondit simplement :

— Comme vous l'avez dit, cher collègue; en tout et partout invincible!

Le délégué d'Heidelberg avait suivi son protégé, pour le souffler au besoin. Lorsque le savant chirurgien de Kœnigsburg le vit à la portée du flacon qu'il tenait de sa *senestre* (au dire d'Hartmann), il ne put résister à l'envie de lui jouer un de ces tours d'écolier qui ont fait le succès d'un livre de Murger, pour lui prouver qu'il était, lui aussi, quelque peu sorcier.

D'un revers de main, il remplit la coupe que Méphisto avait pris par distraction, et il s'écria en portant encore un de ces toasts entraînants dont il avait seul le secret :

— Au bon Gambrinus, mes amis! Au grand comte de Brabant. Il a donné la *bière* aux hommes du Nord en liquéfiant les topazes de sa couronne dans la claire fontaine où coulent sagesse et raison! Je souhaite que cet excellent Marckgraffer se change en fiel dans la coupe des Philistins et des faux-frères.

— Hourra! s'écria l'indomptable Hartmann Kœnig; *Nunc et vehementer contra Philistinos!*

Le très savant délégué de la docte Université d'Heidelberg qui, sous les traits de Méphisto, buvait incons-

ciemment à longs traits, fit une grimace atroce; son vin
du Margrave s'était subitement décomposé. Aussi, pour
ne froisser personne, il lui fallut boire à la gloire de
son ennemi une effroyable décoction pharmaceutique
aux propriétés très rafraîchissantes. La grosse bedaine
de Gambrinus-Albrecht avait des remuements de houle,
tant il riait de bon cœur, et le soleil des armes de
Louis XIV eût semblé pâle auprès du rayonnement de
sa figure réjouie.

⁂

Depuis trois jours entiers, Gambrinus et Méphisto
avaient quitté les ombres éternelles pour entrer dans
les murs de Stuttgard ou, pour mieux dire, dans les
moos de bière de la taverne Bastian, et cependant l'ex-
conseiller du docteur Faust voyait de moins en moins
clair dans son affaire. Il perdait de plus en plus la
tramontane.

Gambrinus, lui, était devenu le héros, le *supra inter
nos*. De toute évidence, la jolie Margareth commençait
à se troubler singulièrement à sa vue.

Quant à Bastian, ce gros garçon avait des idées bien
tranchées et, maintenant, il se serait fait écarteler, sans
trop de vilaines grimaces, pour le solide compagnon
délégué par l'université de Kœnigsburg, le plus merveilleux buveur qu'il eût encore vu dans sa vie de verseur
de bière.

Frédérick commençait à s'inquiéter fort de tout le
manège galant de Gambrinus qui, depuis son arrivée,
ne lui avait pas adressé un seul mot.

Dans son excellente et travailleuse cervelle, Méphisto
finit par conclure que le pauvre comte de Brabant,
un peu déshabitué des plaisirs de ce monde, s'était véritablement laissé mordre au cœur par une terrestre
passion. Peut-être n'était-il venu là que pour ses propres affaires.

Il faut l'avouer, cette conclusion le réjouissait à bon
droit puisqu'elle était un triomphe pour lui.

Car ce Méphisto était bel et bien le diable en personne. Il s'était introduit dans le costume tout préparé par un tailleur-de-lettres allemand. Chasseur d'âmes avant tout, peu lui importait, en somme, que le gibier fût rabattu par lui ou par d'autres, pourvu que, finalement, il donnât dans ses toiles.

Qu'était donc Gambrinus alors? C'était le bon ange de la petite Margareth. Il avait dû, pour venir l'aider, prendre la figure et les manières d'un joyeux buveur et d'un casseur de première force, puisqu'il allait en Allemagne où ces choses seules sont admirées.

Or, perdant Margareth, Gambrinus roussissait ses ailes de bon génie, et faisait honteusement la culbute dans le royaume des ombres.

Voilà ce que se disait Méphisto et, de contentement, il s'en frottait par avance les mains avec une telle rage, qu'un jet d'étincelles lui partait des ongles.

Ah! vraiment ce n'était plus le beau Goëtz qu'il s'agissait de servir, en aidant le comte de Brabant la besogne devait avancer plus vite!

Néanmoins, comme il eût été fort maladroit de laisser surprendre son jeu, Méphisto-Manfred résolut de continuer à accompagner fidèlement son ami Goëtz.

Le beau Goëtz Mitsser jetait flamme et fumée, ne parlait de rien moins que de perforer son rival au premier sourire tendre qu'il surprendrait sur les lèvres de Margareth, puis de le manger ensuite en civet, tout comme le chat pleuré par la mère Michel. Mais son nouveau conseil Frantz-Manfred lui faisait tranquillement observer qu'il commettrait une faute grave en provoquant le célèbre chirurgien de Kœnigsburg, parce que cela ne manquerait pas d'amener un conflit déplorable entre les deux universités, peut-être même un *scandal-pro patria* général qui mettrait toute l'Allemagne à feu et à sang.

Certes c'était bien là le cadet des soucis de Goëtz, cependant il se contenait et se donnait bénévolement au diable, à l'heure même où le diable, qui guignait une plus belle pièce pour lui, le laissait se morfondre, crever de jalousie et de colère, sans lui tendre la perche.

Le hasard ou la volonté de Gambrinus fit une chose bien curieuse : tandis que la « première épée », mettant un frein à sa fougue habituelle, enrageait en silence, ce petit renard de Frédérick, rompant avec son ordinaire timidité, s'enhardissait au point d'aller demander au gros Bastian la main de sa sœur Margareth.

Le tavernier se trouvait être ce jour-là d'humeur folichonne, il répondit donc à Frédérick d'une façon tant soit peu goguenarde :

— Mon cher, je serais charmé de vous donner le titre de beau-frère; il s'agirait pour cela de sortir victorieux de trois petites épreuves très faciles à subir...

Alors, l'amenant devant une sorte de grand panneau de bois recouvert de velours rouge, accroché au comptoir de la grande salle, il lui montra une étrange panoplie, composée d'une gigantesque pipe dont le fourneau en porcelaine pouvait contenir à l'aise une livre de tabac, et d'une épée de combat, longue comme le mât de misaine d'un vaisseau de haut-bord et ornée d'une coquille en acier bruni aussi large qu'un chapeau d'évêque.

Cette pièce remarquable, issue de la renommée fabrique de Tolède, ne pesait en tout que vingt livres de fer.

Entre la pipe et l'épée il y avait un vidrecome géant, en cristal de Bohême, sur les flancs duquel chevauchaient les sept électeurs de l'empire.

Les sept électeurs avaient été coulés séparément, ils étaient en cristal d'applique, et leur tête dépassait les bords du vidrecome.

Ce vidrecome était une sorte de petit tonneau. Il pouvait, sans déborder, contenir dans ses flancs six bouteilles de Mark-Rheim.

Le gros Bastian ôta respectueusement son bonnet et dit :

— Voici les précieuses reliques léguées au Bierhaus de mon père par Richard de Dierbicher, le véritable Charlemagne des Universités allemandes. Margareth sera votre femme si, le soir du *Bier-Scandal*, vous pouvez fumer jusqu'au bout cette pipe sacrée sans pâlir;

si, avec cette épée héroïque autant que légère, vous parvenez à toucher trois fois Goëtz Mitsser; et si vous êtes capable de vider, en dix minutes, ce fût de cristal avec lequel le noble et brave champion de notre Université remportait, de son vivant, tous les *bier-scandal* de l'empire.

Frédérick eut un sourire triste. Il ne voulut pas répondre que ces exploits herculéens étaient au-dessus de ses forces.

Il fit bien, car il ne faut jurer de rien, quand on a son bon ange avec soi.

Le pauvre Frédérick s'en allait la tête basse, sans avoir conscience de la direction qu'il prenait. Il arriva ainsi à la porte de la ville qu'il franchit et rencontra bientôt Margareth. Elle revenait d'aller porter des secours à une vieille femme de la campagne.

Les deux enfants s'assirent sur le talus du bord de la route et Frédérick se prit à conter sa peine.

Margareth lui semblait distraite et embarrassée.

Elle écoutait sans trop d'attention le récit de sa visite à Bastian et lorsqu'il eut fini elle le regarda avec une sorte de compassion indifférente en murmurant :

— Mon cher Frédérick, je vois bien qu'il faut nous résigner à ne pas nous marier; vous ne pourrez jamais accomplir les exploits que mon frère exige de vous. Même, je dois vous l'avouer, je vous suis trop sincèrement attachée pour vous inciter à tenter les épreuves à la suite desquelles vous seriez très certainement fort malade.

— Alors, dit le malheureux renard avec les larmes dans les yeux, je dois renoncer à tout jamais, Margareth, à l'espoir de vous nommer ma femme.

Elles ont une terrible logique ces petites filles, et ne se piquent guère de garder les convenances avec celui vers lequel leur pensée ne va plus.

Elle répondit avec un branlement de tête :

— Dame! vous voudrez bien en convenir, il n'y a point de ma faute, à moi!

— Non, certes, avoua l'étudiant désolé; ce n'est point de votre faute si j'ai une cervelle de tourterelle que

deux bouffées de tabac font tourner comme une girouette. Ce n'est pas non plus de votre faute, si j'ai un
estomac d'oiseau et des muscles plus faibles que ceux
d'une femme : non, Margareth, non, tout cela n'est pas
de votre faute! C'est pourquoi, comme je vois bien
qu'il n'y a plus d'espoir pour moi, je vais mettre à
exécution un projet que j'ai conçu depuis huit jours
déjà.

— Vous quitteriez l'Université? s'enquit la jeune fille
en levant sur son compagnon ses grands yeux étonnés.

Frédérick dit d'un ton sinistre :

— Oui, par un chemin qui conduit directement au
Rhin!

Elle prit sa main, ma foi, et murmura avec une pla-
cidité d'ange :

— En agissant ainsi, Frédérick, vous me feriez beaucoup de chagrin, et vous commettriez un péché mortel
suivant la religion chrétienne, que vous avez embrassée
comme moi.

L'étudiant demeura stupéfait de cette réponse; avait-
elle donc compris autre chose que sa propre intention?

Lui voulait tout simplement prendre le bateau du
Necker et retourner chez ses parents.

— Margareth! Margareth! fit-il en fléchissant les genoux, qui a pu vous changer ainsi?

Au moment où la jeune fille allait lui répondre, elle
entendit un léger claquement dans le buisson situé à
quelques pas derrière elle, et deux petites feuilles mortes, qui voltigeaient en l'air en tourbillonnant, vinrent
lui effleurer le front.

Habituellement, et pour le commun des mortels, le
contact des feuilles, petites ou grandes, est inoffensif.
Eh bien, pour elle, ce fut comme le choc d'une baguette magique.

Elle oublia instantanément la question présente, et
ce fut sous l'empire d'une volonté mystérieuse qui la
dominait, qu'elle fit cette prodigieuse réponse :

— Albert Albrecht, le beau délégué de Kœnigsburg,
remplit seul ma pensée. Il me semble que la flamme de

ses prunelles boit mon cœur, comme le soleil boit la rosée dans le calice des fleurs.

— Oh! Margareth! Margareth! s'écria Frédérick en bondissant à cet aveu qui l'abasourdissait; vous vous jouez de moi, cruellement... prenez garde de me pousser à un acte de désespoir!

Elle répondit lentement, comme perdue dans une extase :

— Je ne crains rien pour lui, il est aussi fort que beau et aussi vaillant que loyal!...

Frédérick s'élança sur la route et rentra à Stuttgard en pleurant et en gesticulant comme un insensé. Il n'avait pas voulu en savoir davantage.

Quant à Margareth, elle était tellement absorbée par sa rêverie sentimentale qu'elle n'avait rien vu, rien entendu.

Lorsqu'elle se leva pour continuer sa route, elle ne se souvenait même plus avoir rencontré le jeune étudiant.

A peine était-elle partie qu'un éclat de rire satanique fit envoler les oiseaux sous la feuillée, et, à vingt pas de la place où les deux jeunes gens s'étaient assis, un grand corps maigre émergea du milieu des jeunes pousses.

C'était maître Méphisto en personne. Il fouettait l'air avec une baguette de coudrier, laquelle sifflait comme un serpent, en dispersant autour de lui tout un nuage de feuilles mortes.

— Hé! hé! dit-il en s'étirant joyeusement, il fait bon venir rêver sous l'ombre fraîche des grands arbres. Désormais, je suis parfaitement tranquille; avant qu'il soit deux jours, j'en ferais le serment, cet excellent farceur de Gambrinus plantera une échelle sous la fenêtre de Margareth. Le stupide Bastian se fera perforer à l'aube suivante pour l'honneur de son enseigne et aussi pour suivre la tradition, et l'innocent Frédérick s'accrochera par la nuque à une branche de son choix... Ah! ah! voici quatre âmes, au total, si je ne m'abuse, que le bon délégué de la docte Université d'Heidelberg aura gagnées dans sa promenade.

Dans sa joie, il fît cinq ou six gambades plus dignes d'un clown que de la sagesse d'un docteur, et les bons champignons qui étendaient leurs parasols sous ce dôme de verdure devinrent instantanément vénéneux.

VI

LA DÉFAITE DE SATAN

*Le défi de Frédérick. — Le cabinet de l'honneur. —
Comment Gambrinus se défendit contre l'amour et
sauva Margareth. — Le « bier-scandal ». — Le
« Scandal-pro Patria ». — Satan rage!*

On passait des rafraîchissements. Après s'être humecté les lèvres d'une citronnade, Mme du Cayla reprit :

— Il était de toute évidence pour les habitués du Bierhaus de l'Université, que la sœur de Bastian regardait Albert-Albrecht, le colosse, avec des yeux de plus en plus tendres.

Un jour, le beau Goëtz Mitsser, ayant surpris des sourires ironiques à la table des *renards*, déclara tout net à son nouvel ami, Frantz Manfred, qu'il était résolu à découper son rival en petits morceaux avant le *bier-scandal*, dût-il en résulter un massacre général des « camarades » de Kœnigsburg et de Heidelberg.

En toute autre circonstance Méphisto n'y eût pas vu d'inconvénient, mais, pour le quart d'heure, cela ne faisait pas son compte. En effet, à l'instar du terrible duc d'Albe, il était prêt à donner mille têtes de grenouilles pour une seule de saumon.

Un coup d'épée pouvait tout remettre en question au moment décisif. Or Gambrinus représentait, sans trop de désavantage, la tête de saumon.

La grande salle de la taverne était pleine.

A la table la plus voisine du comptoir, la « première épée », flanquée d'Hartmann Kœnig, le batailleur, et de Frantz Manfred, attendait avec une fiévreuse impatience la venue du délégué Kœnisburgeois. Il voulait lui chercher une querelle « d'allemand » qui ne pourrait être vidée que dans un duel sanglant.

Mais, Gambrinus et Méphisto, les deux beaux joueurs de cette partie, avaient oublié une pièce fort importante de leur jeu, un fou. Celui-ci vint tout à coup faire irruption sur l'échiquier. Frédérick, le désespéré Frédérick entra la pipe à la bouche, les joues pâles, les paupières rouges, les vêtements en désordre, et dans un état de légère ébriété. Il avait collé sur sa casquette cette invraisemblable inscription :

LA PREMIÈRE EPÉE
est une bête!

La plus sanglante injure que l'on puisse adresser à un étudiant allemand.

Voulez-vous avoir une idée lointaine et faible du cratère qui s'ouvrit entre les murs du Bierhaus? Oui, n'est-ce pas? Eh bien! représentez-vous un ministre du Schah de Perse, le potentat le plus autocrate qui soit sur la terre; un ministre qui, se levant au milieu d'une séance du grand conseil, giflerait Sa Hautesse, aller et retour, clic, clac!

Les *maisons moussues* vociférèrent comme des Mohicans autour du poteau des tortures, les *vieilles maisons* rugirent, les *jeunes maisons* hurlèrent, les *renards enflammés* glapirent : on se serait cru dans un cabanon de fous. La blonde Margareth voyait bien que son ex-fiancé se dévouait comme un Curtius (Marcus) aux dieux infernaux, aussi tomba-t-elle en pâmoison entre les bras de son frère Bastian.

Gambrinus n'était point là; il arriva au milieu de la conflagration et resta sur le pas de la porte, médusé par la surprise. Du premier coup d'œil il comprit que s'il n'opérait au plutôt une diversion héroïque, son protégé allait se faire découper proprement, par la « première épée », comme un poulet par un maître d'hôtel exercé.

Le bouillant Hartmann Kœnig, qui n'était jamais en

retard lorsqu'il s'agissait de ces questions, avait déjà été ouvrir le *cabinet de l'honneur* (1) pour en tirer les schlagers et les différents attirails de combat.

A ce moment, Gambrinus s'avança rapidement au milieu de la salle en prononçant gravement :

— Arrêtez! je suis la première épée de Kœnigsburg, et c'est moi, Albert Albrecht, que ce jeune *renard* a voulu provoquer au combat, ceci pour des raisons qu'un brave chevalier germain doit modestement tenir secrètes. Cependant, comme je veux, avant tout, sauvegarder les intérêts des braves compagnons qui ont placé leurs confiances et leurs espérances sur la solidité de ma cervelle, et les capacités de mon estomac, et que j'espère gagner, demain soir, le prix de la bière, nous ne ferons ouvrir le *cabinet de l'honneur* qu'après le couronnement, si vous le voulez bien.

— Soit! accepta Frédérick, que ce changement fortuit d'adversaire enchantait davantage. C'est votre droit de demander; c'est le mien de refuser ou d'accepter. Puisque vous avez la patience longue et le sang calme, par condescendance pour votre qualité d'étranger, je consens à attendre votre heure.

Ayant dit cela sur un ton qu'on ne lui connaissait pas, le jeune étudiant jeta sa casquette sur l'oreille droite et quitta la taverne avec les allures d'un capitan Fracassa de première marque.

Nous y sommes enfin, se dit Gambrinus entre les superbes défenses d'éléphant qui lui tenaient lieu de dents sans qu'il eût à s'en plaindre. Nous y sommes enfin et ça n'a pas été sans peine! Mais voilà qu'il s'y met; une fois lancé, il ne s'arrêtera plus, et Méphisto aura tout le loisir de s'en retourner sur lest, comme un bon caboteur rentier, sans avoir pu embarquer une pauvre petite âme.

Il n'en était rien, malheureusement, car le rusé compère qui, en sa qualité de conseil d'un docteur, faisait

(1) Armoire ou cabinet où les épées sont placées à un ratelier, en compagnie des casquettes à visière, des gants d'armes et des plastrons.

alors respirer des sels à la sensible Margareth, n'éta't pas précisément de cet avis.

Avec une exquise délicatesse et une finesse de touche excessive, il opérait, en cet instant même, sur le cœur de la jeune fille, un enchantement très subtil qui devait donner fort à réfléchir à l'ex-comte de Brabant.

Du flacon d'argent, merveilleusement travaillé, qu'il passait sous les narines de la sœur du tavernier, s'échappaient des effluves étranges. Ces effluves auraient pu donner le vertige aux apôtres de pierre de la cathédrale de Strasbourg.

C'était la senteur capiteuse de la fleur tropicale diamantée de rosée, l'éventail d'argent en fusion que la lune ouvre et agite sur la glace bleue du lac Léman; c'était le parfum quintessencié et enivrant d'une liqueur distillée avec les pensées de Cléopâtre, le soupir de Roméo, unifié et fondu avec le chant de l'alouette; le hennissement du coursier arabe... le *Remember* de la victime de Cromwel... et quelques drachmes de la scélératesse profonde.de Don Juan...

Celle qui, sans s'en douter, servait ainsi de sujet aux deux adversaires, personnifiant la lutte éternelle du bien et du mal, devint plus rouge qu'une framboise parvenue à maturité, lorsque ses paupières se rouvrirent et que ses prunelles rencontrèrent le regard fixe du faux Albert Albrecht.

Comme un sournois qu'il était, Méphisto-Manfred jubilait aux choses surprenantes qui allaient se passer sous peu dans Stuttgard.

Au premier abord, Goëtz Mitsser avait été très contrarié de la provocation insensée de Frédérick, qui venait faire obstacle à ses projets belliqueux. Cependant, après réflexion, il admit que l'affaire pouvait tourner à son profit, si les deux adversaires, par des estocades malheureuses, venaient à se balafrer l'un l'autre la figure d'une façon ridicule.

Par avance, il était bien certain que le délégué de Kœnigsburg couperait quelques lanières de cuir sur le jeune *renard*; mais, comme il était essentiel que ce dernier rendît en échange quelques estafilades, il songea

4

à mettre en pratique, sans aucun retard, un des préceptes de Machiavel, maître dont il affectionnait l'esprit.

Il sortit à son tour du Bierhaus, courut après Frédérick et le rejoignit dans le graben; alors, il lui frappa amicalement sur l'épaule en disant d'une voix conciliante :

— Tu es un brave, mon camarade, et volontiers, je te ferai l'honneur de te servir de second. Comme il s'agit avant tout de soutenir la vieille réputation de notr' Université, je t'apprendrai demain quelques vigoureuses parades et deux ou trois ripostes infaillibles. Je suis la *première épée*, il ne faut pas oublier cela; j'ai donc le droit absolu de régler toutes les conditions de la rencontre, même d'obliger l'*Impartial* (1) à prononcer sa formule : *Paukerei ex!* (combat clos!).

Frédérick répondit :

— Je n'ignore rien de tout cela, Goëtz Mitsser, et j'accepte ton offre en t'en remerciant. La *Hirschgasse* (2) sera libre demain toute la journée, je t'y attendrai à la première heure.

♣

Ce soir-là, « l'association des camarades », fort méthodique dans ses exercices, ne sécha qu'une quantité très infime d'*évêques* et ne vida qu'un nombre fort restreint de *docteurs*, afin d'être vaillante et disposée pour la séance du lendemain.

A huit heures, le gros Bastian souffla ses quinquets.

Il n'était pas encore neuf heures que les rues de Stuttgard se trouvaient déjà désertes et silencieuses comme les rues d'une ville assiégée. Sauf une *maison moussue* — cette éponge d'Hartmann Kœnig — qui tenait les discours les plus fabuleux à la statue équestre de Frédérick le Grand, sur le pont Negenbach, toute l'Université avait réintégré ses dieux lares.

(1) Président du combat.
(2) Grange disposée en salle d'armes et louée par les étudiants pour leurs duels.

Après l'évanouissement de Margareth, qui avait permis au docte délégué d'Heidelberg de jouer si avantageusement de son flacon et des prodiges endiablés qu'il contenait, Bastian reconduisit sa sœur dans sa chambre et lui fit observer, avec douceur, que sa conduite ne laissait pas d'être singulière.

La jeune fille lui répondit fort aigrement.

Bon enfant par nature, le gros Bastian ne se fâcha point. Il déposa méthodiquement deux baisers bruyants sur les joues de sa sœur, et, tirant la porte sur lui, redescendit l'escalier.

Le gros garçon n'était pas à la hauteur de la situation; il pensait que Margareth lui gardait rancune de la réponse qu'il avait faite à Frédérick. Il la voyait aussi trembler pour le sort du *renard* révolté qui, selon toutes probabilités, allait être couvert, le lendemain, de bandelettes et de mouches de sparadrap, à moins qu'il ne soit cloué entre quatre planches. Les duels de MM. les étudiants se terminaient souvent d'une façon tragique.

Non! si Frédérick avait perdu la tête en allant provoquer la « *première épée* » de Kœnigsburg, il faut bien l'avouer, le gros Bastian avait souverainement tort de se faire du mauvais sang au sujet de sa sœur. En ce moment même, la petite Margareth ne songeait guère au timide *renard* devenu soudain si belliqueux.

Sans plus tarder, nous allons arriver aux aventures surprenantes qui se passèrent en cette nuit mémorable et en la journée suivante, grâce au philtre merveilleux de Méphisto et à la volonté un peu déroutée de son adversaire Gambrinus.

Lorsque Gambrinus-Albrecht sortit du débit de bière, il fut accosté par une des servantes de l'établissement. Elle lui glissa dans la main un petit billet.

Il l'ouvrit et se prépara à en deviner le contenu, à la lueur des étoiles; mais à peine y eut-il jeté un coup d'œil qu'il fit un soubresaut, comme s'il s'était senti cingler d'un coup de fouet ou piqué par une vipère.

Le billet était signé Margareth et ne contenait que ces mots :

« Albert, je vous attends au Graben. »

Gambrinus jeta un regard hébété tout autour de lui. Ses compagnons de la taverne étaient déjà loin. Il vit le délégué de Heidelberg Frantz Manfred qui filait, le nez empaqueté dans son manteau et il lui sembla entendre le bruit d'un ricanement assourdi.

Une seconde fois, il relut le billet; alors un jet de lumière vint illuminer sa pensée.

— Cinq cent mille milliards de moos! se dit-il en aplatissant d'un vigoureux coup de poing la minuscule casquette qui se perdait dans sa crinière fauve... J'aurai inconsidérément chargé la dose à mon dernier bouquet. J'ai fait là une belle besogne, ventre saint-gris! comme disait ce farceur d'Henri IV. Il n'y a pas à dire, ces blondes allemandes ont un volcan dans le cœur et leur tête est une soute à poudres.

Il partit d'un train de lévrier. Deux minutes après, il débouchait de l'Abten-strass sur le Graben.

Là, il s'arrêta en poussant le soupir de détresse du bœuf qu'on égorge : ses jambes prirent racine dans le sol; il eût admirablement servi de modèle à un sculpteur pour modeler l' « Effroi ».

C'est qu'il n'y avait plus à en douter, Margareth, enveloppée dans une mante grise — couleur de muraille ainsi que disent les écrivains du bon vieux temps, — l'attendait assise sur le pas de la porte.

Hélas! ce n'était que le commencement de la surprise que lui avait réservée Méphisto. Pour comble de déveine, le pauvre hercule ne se doutait de rien, attribuant tout à la mauvaise qualité de ses fleurs.

Margareth, en le voyant arriver, s'était élancée vers lui. Elle se hissa sur la pointe de ses pieds, essayant de lui nouer le col, et disant :

— Albert! Albert! laisse-moi te regarder, t'admirer, m'enivrer de ton doux et fier regard...

Gambrinus, stupéfait, effarouché, la rougeur au front, cherchait à se dégager en murmurant sur un ton plaintif :

— Mademoiselle, par grâce...

— Non pas, l'interrompit-elle avec une vivacité de

plus en plus alarmante; ce n'est pas au maître à supplier l'esclave!

Le pauvre Gambrinus épouvanté murmura :

— Que me contez-vous là?

— La vérité! reprit-elle en lui coupant la parole. Il ne faut pas chercher à m'abuser... j'ai lu dans ton cœur...

— Par exemple! dit-il naïvement, en faisant un bond de côté.

— Oui, et j'ai quitté cette nuit la maison de mon frère, parce que je ne puis vivre avec cette horrible pensée que ton sang va couler, demain, sous l'épée de ce barbare Frédérick. Je l'abhorre à présent! Peut-être, te défigurera-t-il affreusement.

— Cinq cent mille millions de moos à boire! fit Gambrinus en se donnant un coup de poing à assommer un bœuf. Pauvre de moi! je décuple sot que je suis de n'avoir pu prévoir cet effet de carambolage!... Voyons, chère demoiselle, reprit-il plus haut en prenant la main de Margareth, vous ne pensez certainement pas à ce que vous dites. Il est tout naturel que ce brave garçon qui vous estime et vous aime — car c'est un fait certain et il ne faut pas en douter — ait pris de l'ombrage au sujet de ma conduite un peu... évaporée...

La jeune fille l'arrêta en prononçant d'un ton résolu :

— N'en ai point de soucis, mon Albert; laissons ce malheureux se morfondre avec ses fureurs; oublions l'univers entier pour ne songer qu'à nous... Albert, il faut fuir, fuir ensemble, cette nuit même!... En chemin... Es-tu catholique...? oui... alors, en chemin, nous rencontrerons bien un prêtre pour bénir notre union.

— Et nous partirons pour Venise en poste! Et nous nous promènerons toutes les nuits en gondole sur le Lido ou sous le Pont des Soupirs! acheva Gambrinus qui, après la brûlante tirade de la jeune Allemande, avait enfin compris.

Oui, s'il ne montait pas son diapason à la hauteur de celui de son interlocutrice, il allait faire crever des cataractes de larmes, et on le menacerait peut-être, avant cinq minutes, d'un suprême plongeon dans les eaux du

Nesenbach ou d'une apostasie pure et simple, ce qui était tout comme.

♣

Comme nous l'avons dit plus haut, Gambrinus avait d'abord pensé que la dose du doux poison qu'il versait depuis quelques jours dans le cœur de la jeune fille avait été inconsidérément distribué; mais après ce qu'il venait d'entendre, il n'y avait pas à se le dissimuler un seul instant, un autre praticien que lui était passé par là.

Aussi, son diagnostic passa-t-il du rose pâle au carmin pur. Il conclut avec justesse que pour avoir administré secrètement, à son sujet, une infernale dilution qui lui donnait le délire, ce second praticien ne pouvait être que Méphisto.

Alors il se souvint : durant le cours de cette soirée, le faux délégué de Heidelberg avait fait manœuvrer sous les narines de Margareth un certain flacon d'argent.

Ce fut pour lui une révélation aussi soudaine que complète.

— Parbleu! reprit-il après un moment de silence et en dessinant avec sa longue pipe un geste mélodramatique; il faut partir, ma douce Margareth; il faut fuir cette terre des froides passions et des discours creux. Cependant, avant de t'enlever à ta patrie, comme les chevaliers des temps héroïques, je veux te mériter par de glorieux exploits.

Parce que la gloire en rejaillira un peu sur la future épouse de celui qui sera proclamé vainqueur de cette double lutte mémorable.

Ce raisonnement ne fut pas du goût de la jeune fille qui essaya de lui démontrer qu'elle n'aurait pas un atome de tendresse de plus pour lui, parce qu'il aurait ingurgité une demi-douzaine de *docteurs*, autant d'*évêques*, et détaillé la peau de Frédérick.

Cependant, à son grand chagrin, Albert Albrecht demeura inébranlable.

Il fallait en prendre son parti. Margareth poussa un soupir en songeant que l'excursion en gondole sur le Lido était retardée de vingt-quatre heures.

— Puisque tu le veux, Albert, je me résigne à attendre.

— Il le faut bien pour mettre nos projets à exécution... Retournons au Bierhaus.

— Déjà! fit-elle langoureusement.

Certes Méphisto eût bien donné quelques années de sa damnée existence pour assister à ce colloque; mais il eût été trompé, car Gambrinus jouait son rôle à la perfection. Il répondit d'un ton navré :

— Mon Dieu, oui, chère enfant, déjà! Il s'agit d'éviter les imprudences, et si ton frère venait à s'apercevoir...

Elle lui coupa la parole pour dire d'un accent angélique :

— Mon frère dort mieux qu'une souche, il ne se réveillera que fort tard. Quand j'étais malade, il y a quelques mois, on m'avait ordonné une mauvaise drogue pour me faire dormir. Je n'en usais presque pas. Ce soir, j'ai versé tout ce qu'il en restait dans le dernier moos de Bastian.

Gambrinus prit sa minuscule casquette et s'en servit, comme d'un mouchoir, pour éponger l'abondante sueur qui venait de lui couvrir le front.

— Peste! murmura-t-il à part lui, cette aimable jeune fille a tous les raffinements de la Parque qui a pour mission spéciale de souffler, aux femmes de bonne volonté, ces petits moyens ingénieux auxquels le président des assises décerne volontiers une permission des travaux forcés... Si, seulement, pour varier la vieille légende de Faust, Méphistophélès avait fait empoisonner Bastian-Valentin par sa sœur Margareth, cette autre Marguerite?

Cette sinistre pensée glaçait d'épouvante le pauvre Gambrinus.

Un proverbe dit : « On ne s'avise pas de tout. » Or les proverbes ont parfois du bon, puisque cette idée ne s'était heureusement pas présentée à l'esprit de Satan.

Gambrinus, dont l'anxiété allait croissante à chaque instant, entraîna la jeune fille vers la taverne, où il espérait qu'elle pourrait rentrer sans encombre. Mais, Margareth, trouvant le délégué de Kœnisburg singulièrement froid à son égard, pleurait à chaudes larmes, laissant tomber des perles silencieuses sous le capuchon de sa mante. Elle se faisait traîner par son compagnon, comme une enfant boudeuse que sa mère conduit au cabinet noir pour la punir.

En sortant de chez elle, elle avait pris une double clef de la porte d'entrée. Gambrinus éprouva une sorte de soulagement en la voyant la glisser dans la serrure.

Fatalité! les verrous étaient poussés au dedans.

— Mon Dieu, s'écria Margareth en se laissant tomber mourante dans les bras de l'ex-comte de Brabant épouvanté; tu le vois, mon cher Albert, je suis perdue. Il faut fuir, ou bien, comme suprême ressource, nous lier les mains et nous jeter dans le Nesenbach.

Deux heures de nuit sonnèrent au clocher de l'unique église catholique de Stuttgard, dont le portail donne justement sur l'Abten-Strass. On entendit, par trois fois, le hululement plaintif d'une chouette, perchée sur un toit voisin.

— Hélas! fit Gambrinus sur un ton plaintif, il n'y a guère qu'un demi-pied d'eau sous le pont!

Dans cette nouvelle péripétie des verrous tirés, il devinait la griffe malfaisante de Méphisto, son adversaire, et s'attendait à un esclandre épouvantable.

— Voyons, reprit-il, ne perdons pas la tête : où est la fenêtre de ta chambre?

— La première à droite de l'enseigne!

Une brusque rafale de tempête sembla soulever la crinière léonine de Gambrinus. C'était tout simplement le chemin que prenait une inspiration sublime, envoyée par le hasard, — ce vieil homme d'affaires du bon Dieu, comme a dit un garçon d'esprit, — pour lui entrer dans la tête.

Il se pencha sur Margareth, toujours à demi renversée sur son bras, et effleura de ses lèvres les boucles de ses blonds cheveux en murmurant :

— Du courage, pauvre enfant!

D'entre les lèvres de Margareth un soupir de bien-être

s'exhala doucement, ses yeux se fermèrent peu à peu.
Lorsque l'envoyé de Kœnisburg dégagea son bras de sa
taille, elle resta debout, sans bouger, dormant du mystérieux et étrange sommeil des somnambules.

Un instant, ce curieux magnétiseur de Gambrinus
resta à la contempler, comme le médecin satisfait
d'avoir pu éviter une violente crise à son malade; puis,
d'un geste fraternel, il tendit la main vers l'enseigne du
Bierhaus.

Nous avons peut-être oublié de faire remarquer que
la plaque de tôle, représentant le vrai Gambrinus, comte de Brabant, et servant d'enseigne à la taverne, était
soutenue par une tringle de fer en forme d'équerre,
comme une potence.

Lorsque l'Hercule du savant collège de chirurgie eut
levé la main vers elle, la plaque de fer se mit à descendre le long de sa potence, sans produire aucun bruit.
Elle ne s'arrêta que lorsqu'elle eut touché le sol. A ce
moment, Gambrinus effleura du doigt l'épaule de Margareth, qui, toujours au repos de son sommeil magné-
tique, s'avança d'un pas automatique, monta sur le banc
de bois placé à côté de la porte et s'assit sur l'arête supérieure de l'enseigne, avec la même aisance que si
ç'eût été dans un fauteuil. Lui se plaça à côté d'elle
pour la soutenir en se tenant aux lambrequins de fer
découpé.

Alors, à l'instar du docile chameau, qui attend d'être
chargé pour se relever, lente et silencieuse, la plaque de
tôle remonta le long de sa potence, avec son double
fardeau.

Pendant cette ascension extraordinaire, et par un
nouveau sortilège les volets de la chambre de la jeune
fille s'étaient ouverts d'eux-mêmes. L'enseigne, arrivée
au terme de sa course, eut la fantastique intelligence
de se reployer comme une persienne sur la muraille
et s'arrêta tout contre le balcon de bois de la fenêtre.

Avec le calme et l'aisance d'une jeune écuyère du
monde qui descend de son cheval devant le perron du
château de son père, Margareth sauta tout de suite dans
sa chambre.

Les battants de la croisée se refermèrent sur elle, et l'enseigne reprit sa place. Le pauvre Gambrinus était resté en croupe sur le dos de son homonyme; il soupira en s'épongeant le front :

— Vingt-cinq mille millions de chopes! La soirée a été chaude. Mon coquin de partenaire doit trouver, ici, peu de différence avec sa température habituelle, mais il faut bien suer un peu pour gagner et, maintenant, je crois avoir tous les atouts en main...

Il s'interrompit, se pencha vers son portrait peint sur la tôle et reprit en riant :

— Par Sainte Geneviève de Brabant, ma bonne payse! j'ai le gosier à sec, et je donnerais bien quelques florins pour avoir le plaisir de te soulager de ta chope, mon brave.

Il avait à peine formulé ce souhait que le « Gambrinus » de l'enseigne, se renversant en arrière, allongeait le bras et lui tendait son verre.

Sans s'étonner aucunement, l'hercule prit la chope, du fond de laquelle la bière s'élançait en moussant, comme autrefois l'eau du rocher sous la baguette de Moïse, et il fit un beau salut à sa vénérable image.

⁂

Il n'était pas encore neuf heures, neuf heures moins le quart tout au plus, et déjà la fête bachique battait son plein. Du haut de leur comptoir le gros Bastian et sa sœur présidaient le *bier-scandal.*

Chose tout à fait singulière, quoiqu'elle eût les traits fatigués et les yeux battus par les désordres d'une nuit d'insomnie, Margareth ne se rappelait absolument rien de ce qui s'était passé pendant ces derniers jours; un voile impénétrable s'était étendu sur sa mémoire, depuis le moment où Gambrinus-Albrecht avait effleuré ses cheveux de ses longues et broussailleuses moustaches.

Mais Gambrinus ne faisait jamais rien à moitié, c'est

pourquoi, la veille aussi, il avait complètement éteint l'incendie allumé par Méphisto, avec ce baiser de marbre qui étouffait, sous son avalanche glacée, le feu du maudit.

Pour cette mémorable lutte, engagée depuis un instant, les deux familles des camarades et des compagnons étaient en ligne.

De nombreux blessés regagnaient déjà leur logis ou accidentaient tout simplement le sol. Hartmann-Kœnig, Hartmann Kœnig lui-même, sur qui pourtant les connaisseurs fondaient de légitimes espérances, s'était laissé aller sous la table après l'absorption du huitième évêque, en murmurant d'une voix mourante :

— *Reductus sum* (1).

Dans un coin, Méphisto-Manfred semblait fort joyeux. Cependant, quand il vint concourir à son tour, il ne fit guère mieux que le pauvre Hartmann, et provoqua un sourire de contentement parmi les camarades qui se méfiaient de lui.

On allait enfin se trouver en présence des deux grands lutteurs, de deux « premières épées », Gœtz Mitsser et Albert Albrecht, deux crânes! Soudain, à la stupéfaction générale des *maisons moussues*, des *vieilles maisons* et des autres, Goëtz Mitsser déclara hautement qu'il cédait son tour à Frédérick.

Ce fut alors un renouvellement de tous les cris de l'arche de Noé. Pendant deux bonnes minutes, il y eut un hourvari d'enfer. Le gros Bastian ne put s'employer à l'arrêter parce que lui-même se tordait de rire sur sa banquette.

Frédérick, champion de l'Université? Cela ressemblait en effet à une mystification fantastique.

Mais les assourdissantes clameurs de cette ménagerie et l'hilarité de Bastian ne déconcertèrent en aucune façon le jeune *renard*. Il s'avança jusqu'au milieu de la salle et déclara d'un ton digne :

— Tu m'as promis de m'accorder la main de ta sœur,

_____

(1) Je suis réduit, aplati, vaincu.

Bastian Schmoll, si je vidais le vidrecome de l'illustre Dierbicher, si je pouvais fumer sa pipe sans blémir, et enfin si, de sa glorieuse épée, je frappais, dans un combat la « première épée » de l'Université. Eh bien! je suis prêt à accomplir ces trois exploits; seulement, comme je dois une réparation à Albert Albrecht, l'envoyé de l'école de chirurgie, je te prie d'accepter ce changement d'adversaire.

Bastian comprima son fou rire qui voulait éclater et répondit sérieusement :

— Je n'ai qu'une parole, donc je la tiendrai si tu accomplis ce qui a été convenu. J'accepte, de confiance, maître Albrecht pour champion, quoique je ne connaisse pas sa force, mais il me semble de taille à en manger dix comme toi sans en être incommodé. De plus, comme je tiens à te prouver ma bonne volonté, je te dispense de l'épreuve de la pipe.

Par esprit de corps, tous les *renards* souhaitaient sincèrement que Frédérick sortît victorieux de la lutte, aussi poussèrent-ils un hourra en l'honneur de Bastian Schmoll.

Après ces paroles, Bastian monta sur une escabelle et décrocha du trophée l'épée et le vidrecome de l'illustre Richard de Dierbicher. Plein de précaution, il les essuya avec une serviette; puis les posa sur une des tables.

Margareth regardait, non sans un étonnement anxieux, tous ces préparatifs de combat : la pauvre fille ne semblait pas comprendre ce qui se passait autour d'elle.

Goëtz Mitsser et Méphisto se croyaient à la noce, ils avaient planté deux chaises sur une table, désireux de ne perdre aucun incident de la lutte.

Le premier était enchanté de son élève, il avait la certitude que Frédérick balafrerait son adversaire à la première passe.

Un sourire infernal retroussait les lèvres du second; il n'aurait pas donné cette séance pour l'âme de trois juifs.

Quant au brave Hartmann Kœnig, qui était couché

sous cette même table, réveillé en sursaut par le bruit, il venait d'entamer à pleine voix le *gaudeamus* (1).

Le plus satisfait de tous, à n'en pas douter, était cet excellent Gambrinus; cependant il dissimulait, pour les raisons à lui connues, la joie que lui causait le magnifique état de bravoure de son protégé occulte.

On procéda au tirage au sort pour savoir à qui reviendrait l'honneur de la première rasade avec le vidrecome colosse. Ce fut le nom d'Albert Albrecht qui sortit de l'urne, ou pour mieux dire de la casquette d'Hartmann Kœnig qu'un farceur avait eu l'audace de soustraire à cette vénérable *maison moussue*.

Avec beaucoup de grâce, Bastian emplit le vidrecome d'une merveilleuse bière claire et transparente comme de l'ambre liquéfiée; après quoi il le présenta, sur un plateau, au beau délégué de Kœnigsberg.

Ce dernier prit le vidrecome; l'éleva à la hauteur de ses yeux et regarda curieusement la cavalcade des sept électeurs qui cerclait le verre; puis il le porta lentement à ses lèvres et commença à boire à longs traits.

Il avait l'intention de n'absorber qu'en partie le contenu de cette tonne de cristal, qui donnait asile à bien des *évêques*; mais le liquide ambré était si délectable, qu'il oublia complètement sa bonne résolution et tarit le vidrecome, jusqu'à la dernière goutte.

Sans le vouloir l'ancien brasseur de houblon venait de se réveiller en lui et trahissait ainsi les vertueux desseins du bon Gambrinus, protecteur des opprimés.

Les *renards* entouraient et encourageaient chaleureusement Frédérick. A cet exploit, ils laissèrent échapper

(1) C'est le plus bel hymne de leur composition que connaissent les étudiants allemands. Elle se psalmodie sur un air lugubre. Voici d'ailleurs le premier verset :

> *Fratres, gaudeamus*
> *Juvenes dum sumus;*
> *Post jucundam juventutem,*
> *Post molestam senectutem.*
> *Nos habebit humus;*
> *Igitur gaudeamus!*

un cri de stupéfaction, et le gros Bastian jeta sur le jeune homme un regard de compassion ironique.

Puis des hourras formidables, auxquels Méphisto lui-même venait de donner le ton, allèrent ébranler les solives enfumées du plafond de la grande salle.

Bastian venait de remplir à nouveau l'immense vidrecome; le jeune champion de Stuttgard s'avança et le prit résolument :

— A Margareth Schmoll, et pour l'honneur de l'Université! dit-il avec effort en levant péniblement le verre herculéen, trop lourd pour sa faiblesse.

— Bravo pour Frédérick! crièrent toutes les *jeunes maisons*.

Frédérick tempa ses lèvres dans l'or de la bière, bravement, pendant quelques secondes! mais il s'arrêta tout à coup, pâle et haletant, ses yeux pleins de larmes fixés sur Margareth, et les traits douloureusement contractés.

Hartmann Kœnig venait d'allumer sa pipe; il murmura d'une voix embièrée, et ses paroles sortirent d'un nuage de fumée, comme celles de l'ange d'une nuée céleste :

— Je te tendrai la perche, petit, lorsque tu te noieras!

Frédérick fit deux pas en chancelant comme un homme pris de vertige, et dit en lui-même :

— Donnez-moi la force, mon Dieu, je ne boirai plus jamais après cela!

— Ne cassons pas les sept électeurs, jeune homme, dit Gambrinus, en riant; on n'en refait plus de cette sorte.

En même temps, de sa main droite, il relevait doucement le vidrecome, que les doigts crispés de l'étudiant allaient laisser échapper. Puis il répondit à une œillade fulgurante que celui-ci lui lançait :

— Dépêchons, le temps passe.

Frédérick réprima un geste de répulsion et se remit à boire. Alors, ô prodige! la bière sembla fuir devant ses lèvres et s'écouler par le fond du verre.

En touchant le vidrecome, Gambrinus avait opéré ce nouvel enchantement.

Elle fuyait, la bière, elle fuyait avec la rapidité d'un fleuve qui déserte son lit après avoir brisé la digue. Elle disparaissait comme les eaux du Nil abreuvant les sables du désert africain.

Pourquoi?

Oh! pour une raison bien simple, jugez-en!

La bière fuyait devant les lèvres de Frédérick, *parce que, pris d'une belle émulation, les sept électeurs, appliqués sur le vidrecome, avaient alors une chope au poing au lieu de leur glaive. Et, tous les sept, en véritables éponges, buvaient à tire-larigot le liquide qui transsudait du cristal!*

Frédérick, triomphant, leva le vidrecome vide en criant d'une voix tonnante :

— Es-tu donc avare de ton bien, Bastian Schmoll?... Non... alors verse-moi à boire car je meurs de soif!

❖

Après l'exclamation du digne *renard*, il y eut dans la salle un rugissement, — rugissement que Dieu n'avait pas compris parmi les cris de la création et à l'audition duquel les chasseurs de lions et de tigres n'auraient pu déterminer la famille des fauves auquel il appartenait! — puis, toutes les casquettes, lancées au plafond, allèrent essuyer la poussière des solives.

Méphisto n'en pouvait croire ses yeux, il pensait rêver.

Plus hébété qu'un chauve qui se verrait pousser des plumes de palmipède sur le crâne, Bastian versa quinze évêques dans le vidrecome. En trois secondes, Frédérick — pour un cinq centième de part — et les électeurs — pour le reste — le lampèrent.

Méphisto en avait comme la petite mort, et Bastian perdait ses prunelles à admirer cet héroïque buveur, mais comme il était président de combat, il crut devoir dire :

— A vous, Albert Albrecht.

— Parbleu, riposta Gambrinus sur un ton vexé; me

prenez-vous pour une outre élastique; il n'y a guère que le tonneau de l'électeur qui puisse disputer le prix du bier-scandal à ce garçon.

Hartmann Kœnig se leva, abandonnant la table sous la protection de laquelle il s'était réfugié jusque-là.

— Donc, tu t'avoues vaincu? dit-il.

— Hélas! répondit le faux Albert Albrecht d'une voix douloureuse et sourde; je rapporterai cette honte à Kœnigsburg; cependant, j'ai une revanche à prendre...

Il ajouta avec colère :

— Ouvrez le « cabinet de l'honneur! »

A peine ces mots étaient-ils prononcés que déjà les *renards* rangeaient les tables le long du mur et que Bastian obligeait sa sœur à remonter dans sa chambre. Le gros tavernier ne voulait pas donner à Margareth le spectacle d'une tuerie. Le tour des épées était arrivé.

Les deux adversaires revêtirent les plastrons et les brassards de cuir.

Goëtz Mitsser devait servir de second à Frédérick, et, tandis qu'une vieille maison moussue, faisant les fonctions de *l'Impartial*, traçait sur le parquet, au moyen d'un gros morceau de blanc, le cercle dans lequel devaient rester les champions, Gambrinus déclara qu'il prenait comme second Frantz Manfred, le délégué d'Heidelberg.

En Allemagne, dans les duels d'étudiants, le second, armé d'une épée, doit parer les coups les plus dangereux.

Méphisto était donc chargé d'une mission de confiance, celle de parer les estocades trop violentes que Frédérick porterait à son adversaire.

Cette estime lui causa une stupéfaction profonde; il croyait sincèrement que, par un raffinement de perfidie — comme lui-même en eût été capable — Gambrinus n'avait abandonné le prix de la bière à son rival que pour lui donner une fausse espérance et pour l'écraser ensuite par une victoire éclatante et décisive.

Ce plan, nous devons l'avouer, cadrait on ne peut mieux avec les projets chevaleresques de Méphisto. En effet, dans sa cervelle de démon, l'idée ne pouvait point germer que Gambrinus eut fait le bien la nuit précédente.

Mais le Mauvais a l'imagination vive, et, lorsqu'il s'agit de mal faire, l'éclair jaillit moins vite du nuage que les projets de son cerveau.

Ne croyant pas que Gambrinus avait été capable d'imiter la retenue du vertueux Joseph, il se dit qu'il serait fort plaisant de donner comme épouse au valeureux Frédérick, une Margareth de seconde main.

Malgré son astuce bien connue, il donnait naïvement dans les filets tendus par Gambrinus.

Quand les deux combattants et leurs seconds reçurent les armes des mains de leurs témoins, et que l'*Impartial* fut assis, tenant un morceau de craie et une ardoise pour marquer les coups, Méphisto était parfaitement décidé à parer tardivement les estocades que Frédérick allait détacher de si bon cœur à Gambrinus. Il voulait le laisser s'en retourner dans le royaume des ombres qu'il n'aurait jamais dû quitter.

Ah! certes, il fallait un bras d'Alcide pour manœuvrer la glorieuse épée de feu Richard de Dierbicher; et, néanmoins, Gambrinus et Méphisto opérèrent mentalement avec un tel ensemble et une si bonne volonté, qu'en moins de dix secondes, cette redoutable machine de guerre avait effleuré par cinq fois la joue et le front du délégué de Kœnigsburg.

Il n'en fallait assurément pas tant pour donner la victoire, et quelle victoire!

Au grand désappointement de Goëtz Mitsser, qui eût voulu voir le jeune *renard* en plusieurs morceaux, l'*Impartial* arrêta le combat. Alors, toutes les *jeunes maisons*, se ruant sur le vainqueur, l'enlevèrent en triomphe et, hurlant une chanson latine, lui firent faire trois fois le tour de la salle.

Le gros Bastian s'était empressé d'aller chercher sa sœur. Lorsque Frédérick reprit terre, il tomba dans les bras de son futur beau-frère qui l'embrassa en lui permettant de considérer Margareth comme sa fiancée.

A l'écart, assis sur une table, le pauvre Gambrinus

collait tristement des mouches de sparadrap sur ses
éraflures.

— C'est égal, cher Monsieur Albert, lui dit le beau
Goëtz qui tenait complaisamment la glace, pour une
« première épée »... ce n'est vraiment pas riche!

⁂

Depuis un moment, Méphisto regardait les deux jeunes gens causer entre eux et il semblait changé en
statue.

Doucement, Gambrinus s'approcha de lui par derrière et murmura à mi-voix en touchant son épaule :

— Voudriez-vous me dire, très cher collègue, si nous
attendrons la noce?

Comme l'autre ne répondait pas plus qu'il ne bou-
geait, il ajouta avec un gros rire bon enfant :

— Pour moi, je ne serais pas fâché de festoyer un
peu : vous savez, c'est dans mon tempérament.

Le délégué d'Heidelberg tourna enfin la tête et fixa
sur son interlocuteur ses prunelles qui brûlaient comme
des charbons incandescents.

— Comte, répondit-il avec un sourire qui découvrait
son râtelier de loup, il n'y a pas à discuter, vous êtes
d'une fière force!

— Erreur! erreur! très cher, bien au contraire, c'est
vous qui avez quelque peu baissé depuis l'époque de
vos triomphes avec le docteur Faust. Voyez-vous, je
suis un éclectique pur, moi; j'aime à choisir dans la
méthode d'autrui ce qui me semble possible, et comme,
à mon sens, toutes les écoles ont du bon, j'ai pris
quelques procédés dans la vôtre... Un conseil : que
vous restiez ou non, il serait du plus mauvais goût de
ne pas faire votre compliment à la mariée; vous ne
pouvez vous en dispenser.

— Au fait, vous avez raison, approuva Méphisto.

Il passa son bras sous celui de l'ex-comte de Brabant et tous deux allèrent saluer respectueusement
Margareth et Frédérick, que tous les étudiants entouraient et félicitaient.

— Vous avez bravement conquis votre bonheur, dit Gambrinus au jeune homme avec une cordialité affectueuse; mais il n'y a que les méchants qui gardent rancune à un loyal adversaire. Moi, je suis un bon et joyeux compagnon : permettez-moi donc de vous serrer la main.

Frédérick lui rendit son étreinte en murmurant :

— Merci, Albert.

En quittant le Bierhaus, Gambrinus offrit à Méphisto de le reconduire jusqu'à son hôtel du Graben. En marchant, ils causèrent sur le ton de la plus franche cordialité.

Au moment de se séparer, Gambrinus dit bonnement à son compagnon :

— Avez-vous vu l'Archange Saint-Michel terrassant le démon, à Paris, au Musée du Louvre?

— Certainement, répondit Méphisto; dans le salon carré, n'est-ce pas? Je l'ai distingué encore dans beaucoup d'autres endroits, par exemple sur la flèche de l'Hôtel de Ville de Bruxelles, où il sert de girouette...

— Ce n'est point respectueux!

— N'importe!... Il y a ici une image plus effrayante encore qui, comme disent les hommes profonds, pourrait bien être *un signe des temps.*

— Laquelle, s'il vous plaît?

— Le bon ange s'en allant bras dessus bras dessous avec Satan.

— Ah! mon cher, fit Gambrinus, c'est pourtant tout naturel; avec la civilisation et le progrès d'aujourd'hui, le bon ange ne serait vraiment pas à la hauteur de son emploi, s'il n'était aussi malin et même un peu plus roué que l'autre.

— Je l'admets! A ce compte l'avenir n'est pas rose, et voulez-vous savoir ce qu'il en adviendra?

— Je serais curieux de l'apprendre.

— Le cataclysme final : le dernier jour du monde!

— Pauvre ami, s'écria Gambrinus avec un accent de piété véritable... vous me faites une peine inouïe!... Comment, vous en êtes déjà arrivé à la prophétie d'almanach, c'est-à-dire au dernier degré de la décrépitude!

Méphisto se mordit les griffes et murmura :

— Malgré mon âge, je viens de faire école comme un enfant; j'aurais dû laisser là ma vieille enveloppe qui ne m'a vraiment servi que dans les romans de Goëthe... Sous les traits d'une femme je n'ai jamais manqué une affaire...

— Je le crois de reste, l'interrompit Gambrinus en éclatant de rire; c'est la meilleure preuve que tout progresse... Eve ferait aujourd'hui croquer la pomme au serpent, et vous avez eu grand tort, très cher, d'abandonner la forme féminine sous laquelle vous avez eu vos plus jolis succès.

⁂

— Sur ce bon mot de la délicieuse narratrice, dit le prince de Talleyrand en dégageant sa bonne jambe de sa mauvaise; il est temps de quitter ce paradis mondain trop garni de pommes tentantes!

Et les hôtes de la marquise se séparèrent, en se donnant rendez-vous à la semaine suivante, au jour désigné pour entendre M. de Corbière.

VII

LE JUDAS BRETON ET...

*La bourrasque en temps calme. — Le « Renégado ».
— Une moitié de Croix. — Ebullition spontanée. —
Histoire du Judas. — Le reniement devant Carrier.
— Loc-Ellas, homme du vent, et son chien-loup.*

On fut exact au rendez-vous. Entouré du cercle attentif, Pierre de Corbière, l'ultra-royaliste breton, débuta en pleine action, comme un romancier :

— Joson, vilain paresseux! méchant Faraud! vas-tu bien vite fermer ta porte? cria d'une voix mâle et brève la puissante cabaretière du *Brick.*

En même temps, elle faisait un effort inutile pour arracher sa pesante corpulence d'entre les planches du comptoir.

— Voilà! voilà! répondit la voix essouflée de Joson, dit Faraud, gros gars breton, dont le poing noueux eût écrasé le front d'un taureau rien qu'en y touchant.

Cependant, malgré son affirmation et ses visibles efforts, la porte ou, pour mieux dire, le sabord du *Brick,* secoué comme un mouchoir par le vent, qui soufflait impétueusement en tempête, venait frapper le bordage avec un bruit terrible au moment où Joson allait le saisir, puis revenait ensuite se plaquer furieusement dans ses rainures en faisant pivoter, ainsi qu'une girouette, le robuste garçon de Mme Michais.

Bientôt, une plus violente rafale mit fin à ce jeu pénible pour le gros gars. Irrésistiblement renvoyé en

dedans, le sabord se ferma avec l'éclat d'un coup de
canon, en envoyant le malheureux Joson rouler sous
une table, sur laquelle tous les pichets de cidre firent
la cabriole, et sous laquelle il demeura, lui, anéanti
et perclus, comme le pauvre poisson arraché à son
élément.

Des deux bouts du cabaret, les pêcheurs attablés
poussèrent une exclamation de colère contre cet inoffensif Joson, parce que leurs pichets et leurs écuelles,
soudain renversés, avaient été se broyer sur le sol.

Mais Joson ne les écoutait guère. Un deuil de beaucoup plus considérable torturait en cet instant même
son cœur, et faisait jaillir une larme de ses yeux.

Accroupi qu'il était, sur le parquet, entre les débris
de bocks et les cassures d'écuelles, ses yeux humides,
où se lisait toute la tendresse de son âme, ne pouvaient
se détacher de deux petits objets noirs et informes
tombés près de lui. Ces deux petits objets informes et
noirâtres étaient tout ce qui restait à présent d'une
pipe consciencieusement culottée, et leur ensemble
avait formé naguère, avant la chute si précipitée de
Joson, ce que l'on nomme communément, sur nos côtes
et sur mer, un bien joli « brûle-gueule ». Franchement,
après ce meurtre abominable, Joson, dit Faraud,
n'avait-il pas raison de gémir sous la table?

Quelques années plus tôt, un brick de Lorient, la
Louise-Amélie, chargé de seigle pour les Antilles, était
venu s'échouer, presque au départ, par une grande
marée d'équinoxe, sur la côte de Port-Louis, juste en
face d'une masure misérable dont le souffle du large
venait d'avoir finalement raison.

La propriétaire de cette cabane se nommait Mme Michais; elle était puissante de constitution, cabaretière
par état, et débitait par goût du tabac de contrebande.
La ruine de sa cahute ne la déconcerta point; ces tem-
péraments sont peu sensibles; elle nourrissait d'ailleurs, depuis un certain temps déjà, le louable projet
d'agrandir son commerce. Elle alla trouver l'armateur
de la *Louise-Amélie*, et offrit à ce négociant stupéfait
de lui acheter son brick sur place. La *Louise-Amélie*

ne valait pas les frais d'un radoub; le marché fut conclu sur l'heure. Mme Michais devint maîtresse après Dieu du brick, dans l'entrepont duquel elle fit dresser des tables et un comptoir. Un sabord, savamment élargi, devint la porte de ce nouvel établissement.

En souvenir du mémorable événement auquel elle devait l'acquisition de son brick, Mme Michais avait fait placer une tige de fer au-dessus du sabord d'entrée, et de cette tige pendait une plaque de tôle, sur laquelle les pinceaux d'un maître inconnu avaient représenté la *Louise-Amélie* courant, en détresse, sur une mer démontée, sous un ciel d'encre sillonné d'éclairs.

L'ouragan, qui sévissait alors sur la rade de Port-Louis et sur mer, était arrivé soudain sans s'annoncer par quelque saut prodigieux du baromètre, comme ont coutume   faire ses pareils. Il avait commencé à peu près à l'heure exacte où la grande ancre du clipper américain le *Renegado* mordait au fond de la rade.

Au moment même où ce pauvre Joson suait sang et eau à vouloir fermer le panneau du sabord, qui se moquait si cruellement de lui, une baleinière, se détachant des flancs du clipper, accostait au débarcadère et y déposait un homme.

Cet homme, vêtu à la façon des officiers de la marine américaine, marchait à grands pas, et comme enveloppé dans la bourrasque. Remarque étrange, à mesure qu'il s'éloignait de la plage, le vent semblait s'apaiser sur les flots.

Autour du marin, par exemple, l'ouragan éclatait dans toute sa violence. Lui oscillait par moments, ainsi qu'un homme ivre.

Arrivé devant le brick ensablé, un sourire amer contracta sa lèvre pâle, le sang abandonna ses joues, et ses yeux se baissèrent avec fatigue; il venait de distinguer l'enseigne. Cette dernière, secouée par le vent, gémissait lugubrement sur sa tige oxydée.

❖

L'homme entra.

Depuis quelques instant déjà, tous les buveurs de cidre, pêcheurs de la côte, marins au long cours ou commerçants des environs, avaient déserté l'entrepont, c'est-à-dire la salle commune du brick-guinguette de Mme Michais. Il ne restait plus là que la patronne, trônant dans son comptoir, et le pauvre Joson bien attristé, qui rangeait les pichets et les écuelles de terre, sans que cette distraction quotidienne apportât aucun soulagement au chagrin puissant dont l'abreuvait le triste sort de son brûle-gueule.

L'officier du clipper américain s'approcha du comptoir.

Alors, malgré tous ses efforts, Mme Michais ne put parvenir à garder sur la tête son bonnet qu'un irrésistible coup de vent emporta; ses cheveux s'agitèrent comme sous la poussée d'une brise violente.

D'une pâleur transparente sous une peau bronzée, le visage de l'officier avait cette beauté exotique et rare que les maîtres de l'école italienne prêtent à Lucifer, l'ange déchu, que pourchasse vers l'abîme l'archange Saint-Michel.

Ses cheveux étaient blonds, ainsi que sa barbe qu'il portait tout entière, ses lèvres se serraient en un rictus douloureux et fatal et, dans ses yeux, violentés par la souffrance, brillait une lueur fiévreuse.

Sur ce beau visage, pâle et foncé tout à la fois, on sentait imprimée une immense et inconsolable douleur. De prime abord son expression vous faisait peur, mais bientôt cette première impression se fondait, se changeait en un sentiment de pitié profonde.

Cet homme devait avoir au cœur une de ces blessures mortelles que chaque jour écoulé fait plus profonde et plus aiguë. On le sentait.

Sur ces lèvres-là et dans ces yeux, le sourire ne devait jamais rayonner. On le devinait, on le comprenait presque.

Il était jeune encore, mais des rides profondes sillonnaient son visage, la trace des larmes avait creusé de larges sillons sur ses joues, et les fils d'argent, semés sur sa chevelure blonde, lui donnaient l'apparence d'un vieillard.

Très impressionnée par la perte de son bonnet, et les gaietés insolites de sa tignasse rouge, Mme Michais regardait cet étranger avec un étonnement mélangé de stupeur.

— Je me nomme Joë de Loc-Eltas, commença d'une voix douce et calme l'inconnu. Je suis commandant du clipper le *Renegado*. Madame, personne n'est-il venu vous remettre, pour moi, l'autre moitié de cette croix d'or?

Tout en parlant, il tirait de sa poitrine la chaîne en argent de son sifflet de manœuvre, et montrait, suspendu à l'un des chaînons, la moitié supérieure d'une croix d'or brisée.

La grosse femme répondit, de plus en plus étonnée :

— On ne m'a rien remis pour vous, commandant.

Un soupir qui ressemblait à la plainte d'un agonisant s'exhala d'entre les lèvres décolorées de l'officier américain. Il n'insista point, se détourna de la patronne, et, se laissant tomber sur un escabeau, les coudes sur la table, la tête entre ses mains, il mumura d'une voix altérée :

— Que Dieu prenne en pitié mon âme!

De son coin, Joson, dit le Faraud, avait entendu l'officier déclarer son nom, sa qualité, montrer la croix d'or brisée et pousser, finalement, cette exclamation de détresse.

— Oh! oh! modula-t-il entre ses dents, la légende des Guer-Christ, que conte le père Guébriu, aurait-elle du vrai?... Loc-Eltas, Loc-Eltas, ce nom-là me revient maintenant, c'est bien le nom du Judas. Et puis... on ne porte pas de ces noms-là chez les Angliches, c'est de chez nous pour sûr!...

« Oh! dame, oh! dame, fit-il par deux fois, pour du fameux, c'est du fameux! Je vais-t-y en avoir à leur conter : la tempête, et d'un; le bonnet de la patronne, et de deux; ses cheveux, et de trois; la croix en or...

Il s'arrêta terrifié, parce que la voix de Mme Michais disait :

— Allons, Joson, méchant Faraud! vas-tu bientôt servir un pichet à monsieur?

Pendant deux bonnes minutes, Joson resta comme pétrifié de stupéfaction; puis, s'élançant d'un bond vers le sabord, il l'ouvrit et se mit à courir affolé sur la grève.

Tout en courant, il se disait :

— Servir à boire au damné! servir du cidre au Judas! servir le maudit! Jésus! Jésus! Jésus! autant vaudrait se précipiter tête baissée dans le Trou-Tonnerre qui est, comme chacun le sait, la grande porte d'enfer.

Il ne courait plus, il volait!

— Je vais dire tout cela au père Guébriu, continuait-il. Il en sait long, celui-là; peut-être qu'il saura conjurer le danger pour le pays.

Sans rien comprendre à la fuite subite de son garçon, Mme Michais, mécontente, vint elle-même servir son étrange client. Mais dès qu'elle eut posé le cidre devant lui, elle eut un mouvement de recul et d'épouvante. Le cidre, surchauffé soudain, entra en ébullition et se répandit sur la table.

⁂

Quand Joson, encore tout émotionné de ce qu'il venait de voir et d'entendre, arriva chez le père Guébriu, il y avait nombreuse société autour de l'âtre du brave homme. Il contait à son entourage attentif un de ces vieux récits sans queue ni tête qui feront la joie éternelle des laboureurs de la mer, et qui ont tant d'analogie avec les contes de la mère l'Oie, si appréciés des bambins.

Le père Guébriu, ou pour mieux dire, patron Guébriu, car notre gros bêta de Joson ne connaissait pas les subtilités des surnoms maritimes, était un vieillard de soixante-dix à soixante-quinze ans; il se tenait droit encore, et la maigreur de ses membres donnait à sa haute taille une apparence fantastique. De père en fils, chez lui, ils avaient tous pêché à la sardine. Il avait été mousse à dix ans, matelot à seize et, depuis la mort de son père, arrivée vers sa vingt-cinquième année, il commandait sa barque, la *Marie-Jeanne*, nom de sa défunte femme.

Patron Guébriu avait trois fils, Pelo, Penhor et Amic, tous trois fiers et robustes marins, formant avec le mousse Yvonnic, petit frère de la madone d'Armor, tout l'équipage de la *Marie-Jeanne*. Outre celui-là, il y avait encore ce soir, pour écouter le patron, les matelots de trois ou quatre autres barques de pêche. On fumait gaillardement du tabac passé en fraude et l'on buvait du cidre doux, attiédi près de l'âtre. Il n'y a rien de comparable à ce chaud cordial pour remonter le moral des Bretons et pour communiquer le mal de mer aux *Gallos* (étrangers).

— Père Guébriu! cria Joson dès son entrée; je l'ai vu, ce soir, comme je vous vois.

Toutes les têtes se tournèrent vers l'interrupteur avec une évidente mauvaise humeur. Le patron demanda sans se fâcher :

— Qui ça qu't'as vu, mon fils?

— Le Judas!

Un frisson d'épouvante courut sur l'assemblée. Les femmes présentes se signèrent en murmurant un *Ave*. Patron Guébriu répondait cependant :

— Il aurait cent ans d'âge, à 'c't'heure; t'as eu la berlue, mon fils...

— J'l'ai vu, vous dis-je, fit impétueusement le gros gars. Il s'est nommé : Joë de Loc-Eltas. Il avait entre les mains la moitié d'une petite croix d'or brisée. Il a la figure du démon, et *là où il est naît la tempête*. C'est lui qui a fait venir la bourrasque de cette nuit, pour sûr et pour vrai!

— Dans ce cas, dit encore le patron, tu as vu le fils du maudit, mon bonhomme. L'autre avait nom François de Loc-Eltas, chevalier, sir de Guer-Christ.

— Oh! patron, contez-nous cette histoire, firent les marins tous ensemble.

Et comme le vieux Guébriu, tout fier, cherchait à se faire tirer l'oreille, les femmes, craignant de voir s'éloigner leur terreur, vinrent à la rescousse :

— L'histoire de Guer-Christ, patron; l'histoire du maudit? demandèrent-elles.

Joson avait pris place sur un banc. Sa figure était triste, il se consolait difficilement de l'accident survenu à sa pipe. Accident qu'il attribuait à la venue du maudit, et dont il se promettait intérieurement de tirer vengeance.

Patron Guébriu commença :

— Il y a longtemps, bien longtemps, François de Loc-Eltas, sir de Guer-Christ, vivait en son hôtel de la ville de Lorient comme peut vivre un saint. A quelques lieux aux environs, il était réputé comme étant le meilleur seigneur de Bretagne. Il était si prodigue de ses biens envers les pauvres, qui avaient appris le chemin de sa demeure que, bientôt, on ne vit plus un seul mendiant courir les routes du pays.

« Il était bon chrétien, mais d'un caractère faible et timoré. En cela ne ressemblant en aucune façon à ses aïeux, qui avaient conquis leur titre de Guer-Christ (Guerre du Christ) en marchant à la suite de Saint-Louis, pour reprendre aux infidèles le tombeau du Sauveur. Son aumônier, un vénérable prêtre, lui disait qu'il manquerait de fermeté pour affirmer sa foi, si jamais l'adversité venait à tomber sur sa maison.

« Ce que le vénérable aumônier avait prévu n'arriva que trop tôt, hélas! Un jour, on apprit chez nous que le Roi de France était au Temple et que la République, proclamée, avait décrété le renversement de Dieu. A cette nouvelle, le chevalier François de Loc-Eltas eut une grande frayeur. Ses richesses étaient considérables, et la République confisquait les biens nobles.

« Le temps marchait. La frérie bretonne s'était fondée, et de pauvres paysans, sans armes, mal vêtus, mourant de faim, combattirent un contre dix les troupes de l'armée régulière. Malgré cette étonnante disproportion, la victoire restait souvent au bon droit, c'est-à-dire aux bandes affamées de la petite armée chrétienne.

« La Vendée se soulevait. La Convention dominait Paris. La Terreur rouge régnait sur toute la France. Jean-Baptiste Carrier, ce monstre, avait été nommé proconsul de Nantes et, trouvant que la guillotine ne fonctionnait pas assez vite, se livrait aux plus épouvantables cruautés en inventant les noyades de la Loire (1).

« La République s'engraissait des biens confisqués, les proconsuls eux-mêmes y trouvaient leur bénéfice, aussi faisaient-ils une guerre acharnée aux propriétaires, et les nobles, hors la loi par le fait même de leur titre, étaient les premiers sur lesquels se portait leur rage sanguinaire.

« Un agent de Carrier, étant venu lui faire part de la fortune de ce Loc-Eltas et de ses immenses propriétés qui en faisaient presque un marquis de Carabas, le proconsul nantais débarqua un matin à Lorient et fit mander le chevalier à la maison de ville.

« Les façons expéditives du redoutable conventionnel étaient bien connues. En recevant cet ordre, le chevalier se mit à trembler comme la feuille. Dans cette circonstance pénible, le vénérable aumônier ne voulut point laisser son maître aller seul; il le suivit.

« Hélas! cette paternelle protection allait tout à fait à l'encontre du but qu'elle se proposait... Seul, le chevalier de Loc-Eltas eût peut-être pu s'en tirer; mais, accompagné du vieux prêtre, son affaire était toute jugée d'avance, on allait le déclarer *suspect*, et lui couper la tête, sans autre forme.

« Sur la place de la maison de ville, Loc-Eltas manqua choir sur ses talons. Les yeux agrandis par l'épouvante, il regardait les bois de la sinistre guillotine se dresser devant lui; il se sentait devenir fou. Le vieux prêtre le soutenait de toute son énergie; mais le chevalier, en franchissant la porte de l'habitation de Carrier, s'éloigna brusquement de son compagnon en se touchant le front avec un geste d'horreur.

(1) Voir *Les Buveurs de Sang*. Albin Michel, éd.

« En frappant sur la lugubre charpente, les ouvriers chantaient :

> *Du sang, du sang, il faut du sang!*
> *Versons à boire à la machine,*
> *Pour abreuver la guillotine,*
> *Il faut du sang, du sang, du sang!*

« C'est en écoutant ce chant de mort que le chevalier, brusquement frappé d'une idée mauvaise, s'était séparé du vieux prêtre.

« Carrier, entouré de son cortège habituel de buveurs de sang, attendait Loc-Eltas dans une grande salle tendue de rouge pourpre. Il était quelque peu physionomiste, ce vilain boucher; il vit, dès que le chevalier parut, qu'il ne pourrait rien faire avec cet homme dont la peur atrophiait toutes les facultés. Toutefois, et pour que son voyage n'ait pas été inutile, il eut la cruauté de se servir de la faiblesse du chevalier pour frapper un grand coup sur l'esprit de la population. Il donna l'ordre de faire entrer le peuple. Deux gendarmes s'étaient placés aux côtés de Loc-Eltas, et deux maintenaient le vieil aumônier.

« Quand Carrier jugea son auditoire suffisant, il commença son interrogatoire :

« — Citoyen aristocrate, dit-il d'un ton brutal en s'adressant au chevalier, tu es accusé de fréquenter assidûment les ennemis de la République une et indivisible.

« — Je n'ai point de relations avec ceux dont vous me parlez, monsieur, répondit celui-ci.

« — Appelle-moi tout simplement : citoyen, fit brusquement Carrier.

« Puis un sourire ironique plissant brusquement sa lèvre, il ajouta, désignant de son doigt tendu l'aumônier en prière :

« — Alors, que fait chez toi ce citoyen calottin?

« Loc-Eltas de Guer-Christ, interdit, demeura muet à cette insinuation perfide.

« — Fais-tu donc cause commune avec les suppôts de Satan, qui prêchent contre l'Etre suprême et se moquent des immortels principes? demanda encore Carrier.

« Le chevalier eut un mouvement de profond découragement; mais, la peur dominant en lui tout autre sentiment, il s'écria, sans oser regarder l'aumônier :

« — Citoyen, vous vous trompez sur mon compte. Les immortels principes ont en moi un serviteur dévoué et convaincu.

— Désires-tu la mort des traîtres?

« — Oui, fit bien bas le chevalier en rougissant.

« Le vieux prêtre n'avait rien entendu; il priait avec ferveur, et sa belle âme en contemplation ne pouvait voir les misérables infamies de son maître.

« — Citoyen, reprit encore Carrier, je veux bien croire à tes bons sentiments; pourtant je serais heureux de savoir à quoi te sert ce petit instrument antirépublicain que tu portes accroché à ta chaîne de montre?

« Le chevalier blémit et voulut dissimuler sa petite croix en or.

« — Inutile, citoyen, fit bonnement Carrier, contente-toi de la fouler aux pieds.

« La pâleur du chevalier était effrayante à voir, on n'est pas plus défait à l'heure de son agonie. Le combat qu'il se livrait intérieurement fut rude, mais enfin, la peur, ce sentiment indigne, l'emporta :

« Le signe de rédemption cria sous son talon.

« Dans l'assemblée, il y eut un murmure de dégoût. Le vide se fit autour du chevalier. Carrier souriait béatement. Quant au vieil aumônier, il eut un sanglot déchirant. Alors une voix éclata sonore, faisant vibrer tous les échos de la salle. Cette voix disait :

« — Judas! Judas!

« Le chevalier fléchit sur ses genoux, terrifié.

« La salle fut fouillée dans tous les sens. On ne sut jamais d'où, ni de quelle bouche était sorti ce mot réprobateur.

« — Relève-toi, citoyen, et emporte ta machinette.

« Loc-Eltas se releva, emportant la partie supérieure de la croix brisée. L'autre partie restait sur les dalles.

Sur son passage, la foule se détournait, et ce mot de damnation résonnait sans cesse à son oreille :

« — Judas! Judas!

« Le jour même, le vieil aumônier fut exécuté et Carrier alla continuer ses noyades sur la Loire.

Patron Guébriu s'arrêta.

— Mais le maudit, que devint-il? insistèrent les femmes.

« — J'ai soixante-quatorze ans, aujourd'hui, reprit patron Guébriu, et j'en avais sept en 1793, lorsque je vis Guer-Christ fouler aux pieds la croix, pour laquelle étaient morts ses aïeux.

« Le second morceau de la croix d'or ne fut jamais retrouvé.

« Quant au chevalier-Judas, de ce jour, ses affaires prospérèrent en diable. Il eût désiré un malheur, mais le malheur ne venait point. Satan comblait de biens celui qui avait pactisé avec lui pour l'éternité. Tout le monde fuyait la demeure du maudit; il vivait seul comme un ermite. Ceux qui, pour leurs affaires, s'étaient approchés une seule fois, disaient que la demeure de ce damné était enveloppée d'une tempête éternelle. Il armait des vaisseaux. Tous rentraient au port avec leur cargaison et sans avarie, mais pas un seul ne revenait sans avoir perdu un ou deux hommes; car, comme pour son château, la tempête suivait toutes les entreprises du maudit.

« Un jour, après que Louis XVIII fut monté sur le trône, il alla se jeter à genoux sur les marches de la vieille église de Larmor, parce que les paysans et les pêcheurs lui en défendaient l'accès. Il dit à l'homme de Dieu qui venait pour le relever :

« — Mon père, comment pourrai-je racheter mon âme?

« — En reformant la croix que vous avez brisée, répondit le curé.

« Alors il chercha partout la moitié de sa croix, des sommes folles y passèrent. Il s'embarqua enfin pour l'Amérique dont il n'est plus revenu. On a dit de lui qu'il s'était marié là-bas en fondant un comptoir. Le bruit a couru un moment qu'il avait deux fils, aussi maudits que lui.

« Voilà pourquoi, acheva patron Guébriu; voilà pourquoi le gros Joson aurait bien pu voir aujourd'hui l'un des fils du Judas. Et cela doit être, puisque celui-ci se fait appeler Joë de Loc-Eltas, alors que l'autre se nommait François. »

♣

Le lendemain matin, dès l'aube, le *Renegado* levait l'ancre afin de remonter le fleuve jusqu'à Lorient, où il devait déposer son chargement. Durant toute la nuit, le vent avait soufflé sans relache sur Port-Louis, Gâvre, Kerpape, jusqu'à la pointe du Talut. Les pêcheurs, désolés, pensaient ne pouvoir sortir du jour, mais par une coïncidence bizarre, à mesure que le clipper américain remontait le chenal du Blavet, la tempête s'apaisait sur mer et augmentait d'intensité sur le fleuve.

Bien des gens remarquèrent cette particularité et, parmi eux, les moins étonnés furent assurément notre ami Joson, dit le Faraud, et les hôtes auxquels patron Guébriu avait conté la vieille histoire de Loc-Eltas de Guer-Christ.

A Lorient, les marins du clipper, loin de chercher à décharger le navire lorsqu'il fut à quai, abandonnèrent leur poste, tous ensemble; sans même réclamer les arriérés de solde qu'on leur devait.

Dans les tavernes de Saint-Guenaël, de Kerentreck et de la Ville-Neuve, les matelots américains du clipper en racontèrent de drôles. Ils disaient, pour expliquer leur désertion en masse, que le capitaine était un damné ayant renié Dieu et ses saints. Que, n'importe où il se trouvait, l'ouragan ne cessait de faire des ravages. Enfin que, fatigués d'une traversée épouvantable de laquelle ils ne seraient jamais revenus sans leur dévotion à la Vierge, ils avaient préféré abandonner le bord sans rien réclamer, par crainte que Satan lui-même ne vînt en aide à son suppôt pour les retenir.

5

En fait, le jour même de son entrée dans le port de Lorient, le clipper américain n'avait plus que deux êtres vivants à son bord : le commandant de Loc-Eltas et un grand chien-loup des Montagnes Rocheuses, dont le poil rare et roux foncé se plaquait si tristement sur sa maigre carcasse que son squelette s'y dessinait en saillie d'une façon abominable.

Comme les matelots américains l'avaient fait prévoir, le temps ne cessait d'être affreux à Lorient et dans ses environs, depuis l'arrivée du clipper, aussi les hôteliers et aubergistes fermaient-ils invariablement leur porte au nez du commandant, si celui-ci venait à passer, en l'envoyant à tous les diables.

Plusieurs jours se passèrent ainsi. Depuis sa visite au brick-guinguette la *Louise-Amélie*, le commandant se promenait de long en large toute la journée sur son bord. Le soir, il quittait son navire et, suivi de son grand chien-loup, traversait la ville pour gagner la campagne.

Là, prenant tantôt une route, tantôt une autre, en évitant soigneusement de passer auprès des lieux habités, il se laissait aller à ses méditations d'une lugubre tristesse.

Et, tout autour de lui, le vent soufflait et tourbillonnait avec rage, tordant les chênes séculaires comme de simples fétus, arrachant les pierres au bord des chemins creux et fouettant son visage d'une grêle de branches mortes. Son grand chien-loup, la queue entre ses pattes, hurlait à la mort. Lui marchait toujours comme le Juif-Errant, abandonnant les chemins, craignant de porter la ruine sur une chaumière isolée ou d'être la cause d'un malheur quelconque.

Il savait bien pourtant que l'orage se déchaînait dans toute sa violence, surtout lorsqu'il se trouvait seul. L'ouragan diminuait régulièrement d'intensité chaque fois qu'il entrait quelque part, mais il n'en existait pas moins, et toujours après son départ, l'hôte ou l'hôtesse se mettait au lit avec une fièvre violente, témoin la malheureuse Mme Michais qui, depuis la visite du commandant, ne quittait plus sa cabine et laissait les soins du cabaret à Joson.

Quoique appréciant à sa juste valeur la grande confiance qu'on lui accordait, Joson, dit le Faraud, n'était plus le même. La perte d'un modeste brûle-gueule avait changé ce mouton en tigre, et sa tête travaillait ferme. Il nourrissait de sinistres projets de représailles contre le commandant; tant pour se venger lui-même que pour punir aussi le damné du mal dont il avait gratifié sa patronne.

Quand le commandant était très fatigué et se sentait loin de la ville, où toutes les portes lui étaient fermées, il s'arrêtait dans une ferme, et adressait aux paysans sa question habituelle en leur montrant l'extrémité d'une petite croix d'or pendue à la chaîne d'argent de son sifflet de manœuvre.

— Je me nomme Joë de Loc-Eltas; je suis commandant du clipper américain le *Renegado*. Personne n'est-il venu vous remettre, pour moi, l'autre moitié de cette croix d'or?

La réponse était toujours la même, c'est-à-dire négative. On le prenait pour un fou dangereux. Il buvait alors un verre de cidre, remerciait, en laissant tomber sur la table un louis d'or, dont il refusait avec entêtement la monnaie. Mais après son départ le paysan et sa femme se mettaient au lit avec une attaque de petite vérole noire ou de typhus.

VIII

...LA MADONE D'ARMOR

Armel et Lislia. — La légende : le chef-d'œuvre arraché à la mer. — Le retour périodique du modèle de la « Pierre d'Orge ». — Les deux sœurs. — Le blessé. — Fils du maudit. — Pour votre âme. — Pieux mensonge. — La course à la mort. — Rédemption!

Larmor ou Armor est un petit village situé entre Kerdeiff et Loqueltas, en face de Port-Louis, de l'autre côté de la baie. Nous avons tenu à lui conserver son ancien nom d'Armor, devenu Larmor par suite d'une prononciation erronée.

La Bretagne est, par excellence, la terre fertile en fait de légendes et de superstitieuses croyances. Peu de villages, cependant, ont l'heureuse chance d'en posséder deux pour leur seule part. Armor en possède deux : celle du Maudit (puisque Loqueltas, où fut installée une batterie d'artillerie lourde est un dérivatif incorrect du mot armoricain Loc-Eltas, et c'est sur l'emplacement même du château du chevalier de Guer-Christ qu'a été dessinée la fortification), puis celle de la Madone d'Armor.

Ni l'une ni l'autre de ces deux légendes ne doivent être prises dans le sens superstitieux et fantaisiste. Loc-Eltas de Guer-Christ a existé; son nom est à l'armorial de Bretagne. La vierge d'Armor, elle, existe peut-être encore. Du moins, nous sommes près de la période où elle doit faire une courte apparition sur terre pour ramener une âme.

A l'époque où se déroule notre récit, c'est-à-dire en 1817, une pauvre petite maison s'élevait au bord de la mer devant Armor. Elle était construite en planches, et l'eau des fortes marées venait baigner ses pilotis.

On la nommait dans le pays : « la cabane de la madone d'Armor ». Pourquoi?

Cette pauvre cabane appartenait de compte à demi à deux jeunes filles, sœurs et orphelines. Elles exerçaient l'humble profession de pêcheuses de crevettes, mais la bénédiction du ciel semblait s'être appesantie sur leur toit, et malgré leur pauvreté reconnue, comme elles vivaient de peu, les malheureux trouvaient toujours du pain chez elles. Les veuves des pêcheurs morts en mer leur devaient aussi, bien souvent, de pouvoir élever leurs enfants.

L'une se nommait Armel, et l'autre Lislia.

Armel et Lislia avaient encore un jeune frère, le petit Yvonnic. Mais le malin gars, pour ne point être à leur charge, s'était engagé mousse à bord de la *Marie-Jeanne,* barque de pêche appartenant à patron Guébriu, de Port-Louis.

Les bonnes gens de la baie aimaient également Armel et Lislia, cependant, tous les deux jours, quand la première apportait ses crevettes à Port-Louis, le peuple, tant hommes que femmes, se disputait à qui baiserá le bas de sa robe. Ce n'était pas seulement par reconnaissance pour sa charité de sainte que l'on s'empressait ainsi autour d'Armel, mais parce qu'elle était la vivante image de la madone, un chef-d'œuvre de peinture que l'on voit encore aujourd'hui à Larmor.

Comme nous l'avons déjà dit, la madone d'Armor a sa légende. Or, cette légende, que chacun avait présente à l'esprit, faisait presque d'Armel un être surnaturel étranger à ce monde, mais venu sur la terre par mission divine.

En 1717, par une forte tempête, un navire fut broyé sur la côte d'Armor, et de tous les passagers on ne put sauver qu'un seul homme. Il apprit au pêcheur, chez

lequel il avait trouvé un abri, qu'il était Palermitain,
et avait étudié la peinture sous des maîtres de l'école
de Florence.

Le pêcheur ignorait totalement ce que pouvait être
la peinture, cependant, par acquit de conscience, il en
parla au curé de Notre-Dame d'Armor. Ce dernier,
émerveillé de posséder sur sa paroisse un peintre de
talent, voulut réaliser le rêve de toute sa vie. Il alla
voir le Palermitain, lui fournit la toile, les pinceaux,
les couleurs et lui commanda une Vierge pour son
église.

Le peintre accepta. La femme du pêcheur chez leque'
il se trouvait était d'une beauté ravissante. Il la pria
de vouloir bien lui servir de modèle. Le pêcheur accorda son consentement, et, quoiqu'il fût assez indigent,
ne voulut tirer aucun bénéfice d'une œuvre qu'il considérait comme une action pieuse et méritoire devant
Dieu.

Pour travailler et avoir une inspiration suffisante,
le peintre avait besoin de se trouver en face de l'immensité. Le pêcheur ne trouva rien à objecter devant
cette fantaisie Il construisit lui-même une baraque sur
la *Pierre d'Orge*, petite île de la baie, et sa barque y
menait, chaque matin, le peintre et sa femme, puis venait les reprendre chaque soir. Sa fille restait à la maison pour le ménage.

Le pinceau de l'artiste a rendu avec une saisissante
vérité l'angélique pureté des traits de la Vierge. Il s'est
surpassé dans l'expression de candide douceur et de
noble puissance qu'a la mère du Rédempteur.

Le travail avançait. Les séances touchaient à leur fin.
Un soir de grande marée d'équinoxe, le pêcheur ne put
monter sa barque tant la mer était furieuse.

Sur la *Pierre d'Orge*, le peintre Palermitain priait,
et la jeune femme d'Armor chantait des cantiques. Le
tableau était achevé. La mer montait. Elle monta tant
et si bien que le toit de la cabane fut submergé.

Le lendemain matin, la mer était calme comme de
l'huile. Le pêcheur, très inquiet, fit force de rames
vers la *Pierre d'Orge*. Là, un spectacle navrant l'atten-

dait. La cabane n'était plus, mais sur le roc nu, entre
des tas de goémons, étaient couchés, d'un côté, sa
femme, glacée par la mort avec le sourire aux lèvres;
de l'autre, le peintre palermitain, non moins livide.
Tous deux avaient les mains crispées sur les bords du
tableau, et leurs doigts entrés dans la toile montraient
quelle lutte atroce ils avaient dû soutenir contre la
mer pour lui arracher l'effigie.

A Notre-Dame d'Armor, on montre aux étrangers les
déchirures de ces doigts.

Comment le curé de Notre-Dame prit-il livraison de
cette toile qui avait coûté la vie à deux chrétiens?

A quelle époque précise la Vierge du Palermitain
devint-elle la patronne de la petite église? Sur ces deux
questions la légende reste muette. Passant de ces temps
reculés jusqu'à nos jours, elle constate seulement ce
fait véritablement étrange :

Le modèle de la madone d'Armor, noyé par la grande
marée d'équinoxe de 1717, revient tous les cinquante
ans sur la terre pour sauver une âme, et peut-être aussi
pour servir d'original au travail de réparation, dans
le cas où un accident serait survenu au tableau de
Notre-Dame d'Armor.

Ce dont la légende parle très peu et semble s'occu-
per médiocrement, c'est de l'existence, en 1717, d'une
jeune personne, fille du pauvre pêcheur et de sa femme,
celle qui servit de modèle au Palermitain. Cette circonstance, sur laquelle elle paraît passer rapidement,
sans y attacher d'importance, mérite cependant qu'on
s'y arrête. En effet, s'il est authentiquement prouvé que
le pauvre pêcheur et sa femme possédaient une fille,
à l'époque, cela retire une certaine dose de mystère
à la légende de Bretagne, car, cette fille a pu se marier,
et les enfants faire de même.

Dans ce dernier cas, la vivante image de la Madone
serait donc tout naturellement la descendante directe
du modèle qui servit à faire le tableau. Si la Vierge
descend tous les demi-siècles sur la terre, cela indique
d'une façon assez exacte la suite des générations.

Mis à part le merveilleux, Armel aurait donc pu être,

en troisième ou quatrième ligne, la descendante de la noyée de la Pierre d'Orge.

♣

Le soir du 3 octobre 1817, Armel et Lislia, assises devant la petite cheminée de leur humble cabane, causaient. Trois grosses bûches et un morceau de tourbe pétillaient dans l'âtre. Les deux sœurs venaient de rentrer après avoir assisté au salut à Notre-Dame d'Armor. Chacune tenait encore à la main un livre d'oraisons dont les tranches étaient jaunies par l'usage. Aux poutres pendaient quelques-uns de ces mignons filets de pêche emmanchés de long, qui servent à cueillir la crevette et ressemblent si étrangement, pour la forme aux pièges à papillons.

— Ma bonne Armel, disait Lislia en fixant un regard anxieux sur sa sœur, n'as-tu point changé d'avis et veux-tu toujours te rendre demain à Gâvre?

— Parbleu, ma sœur, répondit doucement Armel, c'est une chose décidée et à laquelle je ne puis apporter aucun retard.

— Oh! si, insista Lislia, après-demain, par exemple, ce serait assez tôt.

— Par exemple, petite sœur, se récria Armel, peux-tu bien parler ainsi! La femme du gardien du sémaphore est dangereusement malade, et ces pauvres gens sont dans la misère. On ne doit apporter aucun retard à soulager l'infortune, ce serait se railler de la bonté de Dieu.

— C'est juste! fit en soupirant Lislia.

— Et d'ailleurs, continua Armel entraînée, le voyage est commandé, il ne dépend plus de moi d'y mettre obstacle. Par amitié pour Yvonnic, notre frère, la barque de patron Guébriu viendra me chercher demain matin, dès l'aube. Elle me reprendra le soir. Il faut donc te résigner à pêcher toute seule, demain, petite sœur.

— C'est juste! répéta pour la seconde fois Lislia. Et

ce n'est pas moi qui viendrai mettre des empêchements
à tes bienfaits.

« Mais, j'ai peur! Hier soir, en allant sur la grève,
j'ai vu le Juif errant près de Toulhar, en face la pierre
des païens. »

— Oh! oh! s'écria en riant Armel, c'est encore cette
aventure de l'autre monde qui te trotte en tête, petite
sœur? Le maudit n'est-il pas condamné à marcher toujours pour expier son péché? Alors, si tu l'as vu hier
soir, il doit être bien loin à présent, car deux soleils
ne le rencontrent jamais dans la même contrée.

Lislia reprit, suivant toujours son idée, comme les
gens qu'un fait a vivement impressionnés et qui veulent
sans cesse revenir sur les détails de leur première nar-
ration.

— C'était un grand vieillard, à ce qu'on pouvait en
juger du moins par sa barbe et ses cheveux d'un blond
argenté aux derniers rayons du soleil. Il marchait entouré d'un tourbillon terrible, qui faisait flotter ses
cheveux et claquer son manteau. Pendant cela, le croirais-tu ? Autour de moi, il n'y avait pas un souffle dans
l'air. Un grand chien-loup le suivait, la queue basse,
en hurlant de frayeur. Ces symptômes ne prouvent-ils
point que c'était le damné, ma sœur ?

Armel écoutait. Il lui avait semblé entendre, sur la
plage, comme le bruit d'un combat, suivi d'un cri de
détresse.

— Qui sait ? reprit-elle enfin. Ce misérable que tu as
rencontré est peut-être l'âme en peine que je dois racheter, d'après la légende de la madone d'Armor ?

— Croirais-tu à cela? s'écria brusquement Lislia, très
émotionnée, et saisissant entre les siennes les deux
mains de sa sœur aînée.

— Dieu peut faire de sa plus humble servante l'instrument de sa volonté sur terre. Il a donné à certaines
âmes une mission mystérieuse et surnaturelle. Judith et
Jeanne d'Arc le prouvent. Voilà ce que je crois, répondit simplement Armel.

— La légende affirme que la jeune fille qui se dévoue pour arracher un réprouvé aux flammes éternelles mourra dans l'année.

Tout en parlant, Lislia frissonnait d'épouvante.

— Est-ce cela dont tu as peur, petite sœur ? La jeune fille mourra, c'est vrai, mais seulement pour entrer dans le séjour des élus.

Lislia pleurait.

— Tu pourrais donc me quitter ? murmura-t-elle entre deux sanglots.

— Vilaine ! fit Armel en l'attirant sur ses genoux comme une enfant. Méchante vilaine! sèche vite tes larmes. Demain, tu viendras avec moi à Gâvre ; ainsi, nous serons en force pour nous défendre contre le maudit...

Elle allait continuer, quand un hurlement plaintif, long, sinistre, résonna sur la grève, à la porte même de la cabane, et fit bondir les deux sœurs.

Lislia poussa un cri; Armel, plus forte, ouvrit tout simplement la fenêtre et prêta l'oreille au dehors.

Les yeux, en effet, ne pouvaient être d'une grande utilité tant l'obscurité de la nuit était devenue profonde. De gros nuages noirs couraient au ciel, le vent mugissait avec furie; au loin, les vagues déferlaient sourdement.

— Tiens, fit Armel étonnée, voici un gros temps auquel je ne m'attendais pas. Les étoiles avaient pourtant leur éclat des beaux jours, quand nous sommes rentrés.

Au dehors, les hurlements se faisaient lugubres.

— C'est sans doute un pauvre qui sera tombé sur la plage, dit Armel, et son chien appelle au secours. Le mauvais temps est bien dur pour qui souffre de la faim.

Comme elle marchait vers la porte pour l'ouvrir, elle vit Lislia détacher la chandelle de sa tige de fer et la suivre.

— Tu es brave quand le danger est proche, mignonne, fit-elle en souriant.

Quand la porte fut ouverte, les deux jeunes filles distinguèrent un homme étendu au travers du seuil. Près de lui, un grand chien-loup, couché, hurlait à la mort.

N'écoutant que leur bon cœur, les deux jeunes filles saisirent l'homme chacune sous un bras et, après des efforts inouïs, réussirent à le hisser sur la couchette de la première chambre. Cela fait, Lislia se précipita dans l'autre pièce, allant chercher un cordial.

A la lueur de la chandelle fumeuse, à nouveau replantée sur son support de fer, Armel regardait cet homme. Elle vit d'abord son visage pâle, sous le hâle de la peau, ses cheveux blonds et sa barbe dans lesquels couraient de nombreux fils d'argent. Enfin elle avisa sa tempe droite, trouée d'une profonde blessure, d'où sortait le sang goutte à goutte.

L'homme était vêtu à la façon des officiers de la marine américaine.

Lislia revenait. Quand son regard s'arrêta sur le visage du blessé et sur le grand chien-loup couché à ses pieds, elle manqua de tomber, tant sa frayeur fut violente, et recula jusqu'à la muraille opposée en laissant échapper un cri.

— Qu'y a-t-il, petite sœur ? demanda Armel.

— C'est... c'est... le... damné ! gémit Lislia, en s'affaissant, évanouie.

Elle revint bientôt à elle, sous les soins que lui prodiguait sa sœur. Puis la forte jeune fille, allant au blessé, ouvrit son caban et sa chemise pour lui permettre de respirer plus à l'aise.

Une petite chaînette d'argent, à laquelle pendaient un sifflet de manœuvre et la partie supérieure d'une jolie croix d'or, tomba aux pieds de la jeune fille.

♣

Cette même nuit, Joson, dit le Faraud, rentra pris de boisson au brick-buvette de sa patronne, Mme Michais. Il mena grand tapage dans l'entrepont de la *Louise-Amélie*, en affirmant à tous les consommateurs que, dorénavant, il n'y aurait plus jamais de tempête sur la côte de Port-Louis.

A son verbiage décousu, on crut pouvoir comprendre

qu'il avait suivi un commandant américain jusqu'aux environs d'Armor, et là, sur la plage, lui avait fait son affaire d'un seul coup de poing. Joson venait donc de venger sa patronne, que le commandant avait émotionnée au point de la faire se mettre au lit, et, simultanément, il venait aussi d'apporter un soulagement à sa propre rancune, née, nous le savons, à l'occasion du décès prématuré de son noirâtre brûle-gueule.

⁂

La blessure de l'étranger, moins grave en réalité qu'on ne le pensait tout d'abord, commençait à se fermer. Armel le soignait avec ce dévouement angélique dont seule elle était capable; mais à mesure qu'il recouvrait ses forces et sa raison, elle s'étonnait de ses façons étranges.

Il paraissait souffrir des soins dont il était l'objet et regrettait qu'on ne l'eût pas laissé mourir. Plusieurs fois déjà, il avait adressé aux deux sœurs cette question bizarre, au sujet de ce fragment de croix qu'une mystérieuse puissance le forçait à demander là où il se trouvait.

— Je me nomme Joë de Loc-Eltas; je suis commandant du clipper américain le *Renegado*. Personne n'est-il venu vous remettre, pour moi, l'autre moitié de cette croix d'or?

Après leur réponse négative, une larme filtrait entre ses paupières. Cette question n'apprenait rien aux deux sœurs. Ni l'une, ni l'autre, elles n'étaient au courant des racontars du pays. Lislia avait toujours peur de l'étranger. Dans son désir de se séparer de lui, elle lui avait proposé une fois d'aller à Lorient prévenir son équipage.

Il avait répondu :

— Ce serait inutile; il n'est pas un être humain qui puisse demeurer en ma société. Je n'ai plus, à l'heure actuelle, un seul homme à mon bord.

Sans partager les craintes de sa sœur, Armel devinait bien que ce malheureux avait à l'âme une blessure pro-

fonde et plus douloureuse que celle de son front. Cela.
l'affligeait. Dans sa compatissante bonté, elle eût voulu
consoler cette âme en y ramenant le calme de l'oubli
ou le bonheur de la foi. Cependant, elle n'osait point
provoqur une confidence parce qu'elle n'avait aucun
droit d'exiger.

Par un après-midi très sombre (depuis l'arrivée de
l'étranger le soleil ne s'était plus montré), Armel était
en train de nettoyer ses filets dans la grande chambre.
Elle vit, tout à coup, entrer le commandant de Loc-Eltas; il marchait d'un pas chancelant. Sous le bronze de
sa peau, on sentait cette pâleur des blessés qui ont
perdu beaucoup de sang.

En apercevant la jeune fille, il s'arrêta, indécis, et
comme pris de peur. S'appuyant au dossier d'une chaise, il fixa sur elle ses yeux agrandis par les nuits d'insomnie et osa dire, en faisant sur lui-même un visible
effort, tandis que le peu de sang qui lui restait se préci-
pitait à ses joues :

— Comme je me trouvais à la fenêtre, tout à l'heure,
des pêcheurs sont passés près de votre maison, Madame; ils ont dit en la désignant : « Ici demeure la madone d'Armor, la sainte qui a le pouvoir d'arracher une
âme aux flammes de l'enfer. »

— Ignorez-vous donc la légende? demanda Armel
avec un sourire angélique.

— Je n'en ai jamais entendu parler.

La jeune fille lui raconta alors l'histoire du peintre
palermitain et de la jeune femme du pêcheur, morts.
tous deux sur la *Pierre d'Orge*. Elle lui parla de l'apparition, à chaque moitié de siècle, d'une vierge ressemblant à la peinture de Notre-Dame d'Armor; vierge
ayant pouvoir, contre le sacrifice de sa propre vie, de
racheter une âme.

En l'écoutant, le sombre visage de Loc-Eltas prenait
des tons livides. Quand elle eut achevé, il s'écria impétueusement :

— Dieu ne pourrait faire miséricorde à celui qui ac-
cepterait un pareil marché, car ce serait être infâme!

— Gardez-vous de parler ainsi, reprit-elle avec douceur. Dieu seul dispose de notre destinée, et nous n'avons aucunement le droit de juger ses actes.

Le commandant courba la tête. Son devoir était de fuir. La jeune fille reprit encore :

— Lislia, ma sœur, me dit que vous vouliez dès ce soir regagner Lorient. Notre hospitalité vous serait-elle donc devenue à charge? Pourquoi prenez-vous aussi subitement cette inexplicable résolution? Votre blessure n'est pas encore suffisamment cicatrisée, et vous pouvez à peine marcher.

— Pourtant je dois retourner à bord de mon navire, et quand bien même je devrais mourir sur le chemin, je partirai ce soir, dit-il d'un accent résolu.

— Je ne puis exiger que vous demeuriez chez moi. Faites donc suivant votre conscience; mais, du fond du cœur, je vous plains bien sincèrement.

— Pourquoi cela, demanda-t-il, sans savoir qu'il parlait.

— Pourquoi? fit la jeune fille en fixant sur lui ses beaux yeux bleus. Vous demandez pourquoi? Hélas! c'est que je comprends trop que vous regretterez toujours l'existence qu'on vous a rendue et que, pour en être arrivé à cet affreux désespoir, vous devez avoir au cœur une bien torturante douleur.

— Oh! oui, fit-il à mi-voix, cela est ainsi : mon cœur est tenaillé, mais c'est justice! Certaines douleurs sont des châtiments; et, quelque terribles qu'ils soient, ils sont encore loin d'égaler la faute.

— Le repentir sincère est le pardon assuré. Priez et espérez!

— Pour celui qui a commis la faute! murmura le commandant, mais pour les autres?

Il se laissa aller sur la chaise, et ses larmes coulèrent en abondance.

Armel vint doucement vers lui, et, lorsqu'il releva la tête, il vit le radieux visage de la madone d'Armor; elle le regardait avec une ineffable expression de tendresse.

— Joë de Loc-Eltas et de Guer-Christ, dit-elle soudain, il y a quelques jours, pendant votre sommeil, vous avez parlé. Votre secret n'est plus à vous, vous voulez le cacher, et je le connais!

« Vous venez de dire : « Pour celui qui a commis la faute! mais les autres? » Malheureux! gardez-vous de juger votre père! Si misérable qu'il se soit montré, cette tâche ne vous appartient pas. François, votre père, a renié son Dieu; il a foulé aux pieds la croix du Sauveur, et le jour même du reniement, on le nommait déjà Judas!... »

— Et depuis il a été maudit, s'écria Loc-Ellas; maudit dans sa personne, maudit dans son épouse, maudit dans sa descendance! Ses affaires prospéraient d'une façon outrageante, alors que tout le monde le fuyait. La tempête enlevait les marins à ses navires, mais, par une ironie cruelle, respectait ses marchandises. L'or encombrait ses caisses, et le désespoir gonflait son cœur. Il espérait encore en la clémence divine, le malheureux! Il s'en fut trouver un prêtre; et le prêtre justicier lui répondit :

« *Votre âme pourra être sauvée quand sera reformée la croix que vous avez brisée.* »

Depuis lors, le renégat n'eut plus qu'une pensée, retrouver l'autre morceau de cette croix qui le damnait. Il abandonna la France, partit en Amérique, se maria, toujours dans l'espoir de retrouver cette croix dont l'absence obsédait ses jours et ses nuits. Tous ses navires portaient des noms épouvantables : *Le Traître, le Judas, le Renégat, L'Iscariote.*

« Il mourut en priant sa femme et ses fils de continuer son œuvre afin de libérer son âme des flammes de l'enfer. Il était un objet de mépris, sa femme fut un objet de dégoût, ses fils sont abominés comme la peste. Comme lui, j'appartiens à l'enfer. Je dois réclamer sur la terre ce fragment de croix, à cause duquel nous sommes tous damnés, ainsi que tous ceux qui entrent tant soit peu dans la famille du maudit.

« Voilà pourquoi je n'ai pas osé vous remercier de votre charité sainte, voilà pourquoi je me condamne; voilà pourquoi je veux fuir en abandonnant cette maison bénie.

« Votre regard si doux réchauffait mon cœur, glacé dès l'enfance; le son de votre voix était comme un cantique de bonheur et de pardon, que nul ne m'avait fait entendre; et, quand vous êtes près de moi, un parfum céleste m'enivre. L'ouragan, la tempête et le dédain des hommes ne m'ont jamais tant fait de mal que la distance énorme que je constate entre nous : moi au fond de l'abîme, vous si près des cieux.

Il avait prononcé cette suite d'anathèmes et de déchirantes désespérances d'une voix brisée en courbant le front.

Armel restait immobile et comme perdue dans une extase surnaturelle. Quand il eut fini de parler, longuement, elle le regarda, ce réprouvé de la faute paternelle, et sa prière monta vers le ciel.

Son sacrifice était fait!

Lentement, elle porta la main à son corsage, et, tirant de son sein le fragment de croix tant cherché, elle le tendit au malheureux en prononçant ces trois mots :

— Pour votre âme!

Un gémissement s'échappa d'entre les lèvres décolorées de Joë Loc-Eltas, et il tomba sans connaissance, la face contre la terre, qui se teignit de son sang.

⁂

Comment la partie supérieure de cette croix se trouvait-elle entre les mains d'Armel? C'est bien simple. Le soir même de l'arrivée chez elle du commandant américain, en entr'ouvrant son caban pour lui donner de l'air, Armel avait pu voir, avec stupéfaction, la croix brisée tomber à ses pieds. Elle l'avait ramassée et regardée. Les traces de profanation s'y voyaient d'une façon évidente. Alors, se laissant tomber à genoux, la jeune sainte avait prié et pleuré sur le signe de rédemption outragé.

Elle se livrait à toutes sortes de suppositions plus extraordinaires les unes que les autres, quand, durant le cours de la nuit suivante, alors que la jeune fille seule veillait auprès de son lit, le blessé parla. Pris de délire, il raconta en paroles entrecoupées, et en se tordant comme un possédé, l'épisode du sacrilège commis par son père à la maison de ville de Lorient, pendant la Terreur.

Toute cette nuit-là, Armel ne dormit point, pleurant comme un enfant sur la croix foulée, et priant avec ardeur pour le réprouvé. Au petit jour, elle chargea sa sœur Lislia de veiller sur le blessé, et se rendit à Notre-Dame d'Armor. Prosternée sur la dalle, dans un coin de la maison dédiée à la reine des cieux, elle entendit la messe plus dévôtement s'il est possible, que de coutume. Après le Saint Sacrifice, elle fit demander au bon curé une entrevue que celui-ci accorda.

Le curé de Notre-Dame d'Armor était un saint vieillard. De tout temps, sa famille avait fourni des défenseurs à la foi chrétienne. Il gardait au cœur une blessure vive. Au temps de la révolution, alors que tout jeune, il ne savait encore quelle carrière entreprendre, il avait vu guillotiner, sur l'échafaud de Lorient, un de ses oncles, justement l'aumônier du chevalier de Loc-Eltas, que son seigneur venait de renier.

L'enfant était brave, et avait le cœur haut placé, le spectacle de ce martyre décida de sa vocation; il entra dans les ordres avec l'espoir de mourir un jour en affirmant sa foi, comme cet oncle qu'un régime impie avait supplicié. Durant sa longue carrière, il n'avait poursuivi qu'un but, venger la mort de son oncle, mais la venger en apôtre, c'est-à-dire en ramenant à Dieu l'âme de ses bourreaux.

Le bon curé avait une foi considérable dans la pieuse légende. Il espérait ardemment, avec l'aide de Dieu et de la nouvelle vierge d'Armor, pouvoir arracher encore une âme aux griffes de Satan, avant de s'en aller en terre.

Lorsque Armel le fit demander, le bon curé songeait à tout cela.

Il s'empressa de fair entrer la jeune fille dans son petit bureau attenant à la sacristie.

— Je vois que vous avez quelque chose de bien grave à me communiquer, ma fille, commença-t-il, votre visage semble tout attristé.

— Oh! oui, monsieur le recteur, fit celle-ci, de bien grave, en effet.

En Bretagne, tous les prêtres sont communément appelés recteurs.

Pendant près d'une heure la jeune fille parla, expliquant au vieux prêtre toutes les infamies, tous les malheurs qu'elle avait appris depuis l'arrivée du commandant américain dans sa cabane.

— La vengeance céleste dont ce malheureux se sent poursuivi, dit-elle en terminant, n'est pas un leurre. A partir du jour où son clipper, *le Renégado*, a remonté le Blavet pour aller se mettre à quai à Lorient, une tempête étrange n'a cessé de sévir dans nos parages. Le ciel demeure continuellement obscurci par des nuées couleur de plomb, et bien certainement, comme Caïn voyait partout et toujours l'œil de sa conscience, le souvenir du crime poursuit partout et toujours Loc-Eltas...

— Loc-Eltas! interrompit le prêtre en frissonnant, Loc-Eltas! avez-vous dit, ma fille? Votre demeure pieuse abriterait-elle donc le Judas breton qui, dans un moment de folle terreur, foula aux pieds la croix du Sauveur, et d'un œil sec vit mourir sur l'échafaud son vieil aumônier, mon saint oncle?

Il y avait des larmes dans la voix du brave homme, à ce cuisant souvenir.

— Je n'ai pas chez moi le sacrilège lui-même, reprit Aimel, mais son fils. Le renégat est mort, et cependant sa postérité tout entière ne peut s'affranchir de la malédiction divine. Votre prédécesseur, monsieur le recteur, avait dit à François de Loc-Eltas, sir de Guer-Christ, qu'il lui fallait retrouver la moitié de sa croix brisée pour sauver son âme... La vengeance céleste n'aura-t-elle donc point de terme? ajouta-t-elle en pleurant et en présentant au vieux prêtre la partie supérieure du crucifix profané.

— Les desseins de la Providence sont impénétrables, ma fille. Mon prédécesseur a eu tort de donner un terme à la bonté de Dieu; elle est infinie, elle est sans limite.

Il examina minutieusement la croix foulée, et reprit au bout d'un instant :

— Ma fille, vous que l'on nomme la madone d'Armor, savez-vous bien à quoi vous vous exposez, en cherchant à sauver cette âme?

— Oui, monsieur le recteur, mon sacrifice est fait!

Le vieux prêtre la regarda avec attendrissement.

— Pieuse comme votre mère! s'écria-t-il; belle et résignée comme elle! vous avez été mise sur la terre pour accomplir les destins de la Providence; avant vous, votre mère se sacrifia. Chère enfant, Dieu ne veut pas la mort du pécheur... faites donc suivant sa volonté... et la vôtre.

Il réfléchit un moment et continua :

— Vous allez vous rendre à Lorient chez l'orfèvre de votre paroisse, vous lui commanderez de ma part un morceau de croix pouvant, exactement s'adapter à celui-ci, et semblant, comme celui-ci également, être mutilé par l'outrage...

— Oh! merci, monsieur le recteur, murmura Armel rayonnante.

— Allez! termina le vieux prêtre; allez, ma fille, et que Dieu vous accompagne!

Voilà pourquoi la petite Armel, munie de la croix, en deux morceaux, mais reformée, avait pu offrir sa vie pour l'âme du pécheur.

⁂

La chute du commandant avait rouvert sa blessure, de plus, la grande joie qu'il avait éprouvée, déterminant chez lui une congestion cérébrale, il demeura plusieurs jours entre la vie et la mort. Quand il fut à même de marcher, il exprima de nouveau la ferme volonté de retourner à son bord, pour pouvoir engager un équipage, décharger et reprendre la mer au plus tôt.

Alors Armel lui dit :

— Commandant, profitant du peu de connaissance

que j'avais de vos affaires, je me suis permis d'engager, pour vous, un équipage. A l'heure actuelle, votre
clipper est déchargé, vous avez à vos ordres un second,
trois hommes et un mousse.

— Merci! accepta Joë de Loc-Eltas, merci, madame,
je vous dois trop pour continuer plus longtemps à abuser de vos services. Je vous l'ai dit une fois et je vous
le répète, il m'est impossible d'accepter votre sublime
sacrifice, je refuse de vous perdre en me sauvant.

— Réfléchissez bien, commandant.

— C'est tout réfléchi, je pars; votre dévouement ne
servirait à rien.

Quand le commandant, suivi de son grand chien-
loup, se mit à remonter le long du Blavet pour regagner Lorient, les deux sœurs entendirent le vent gémir
et les flots de la baie se soulever furieux. Sur son passage les grands arbres se tordaient, et le sable de la plage tournoyait en trombe, aspirant les nuages noirs. Lorsque les hurlements plaintifs du chien se furent perdus
dans l'éloignement, Armel se leva et dit :

— Malgré lui, je le sauverai.....

♣

Vers minuit, par un temps à déralinguer la peau du
diable, comme disait patron Guébriu, le clipper américain, *le Renegado* commença à descendre le fleuve.

Comme le lui avait annoncé Armel, Joë de Loc-Eltas,
en arrivant à son bord, avait trouvé toutes choses en
parfait état, l'ancienne cargaison déchargée, la nouvelle arrimée dans la cale et l'équipage à son poste. Cet
équipage se composait de patron Guébriu, de Pelo,
Penhor et Amic, ses fils, puis de leur mousse Yvonnic.

Quel habile stratagème la petite Armel avait-elle em-
ployé pour décider le vieux Guébriu à abandonner sa
barque, la baie bretonne et son foyer, pour monter avec
ses fils sur le clipper maudit? Le patron et elle, seuls,
auraient pu le dire.

Il était venu là, maugréant, c'est vrai, mais il y était

venu, parce que nul ne savait résister à une prière de
la madone d'Armor, cela eût porté malheur. Entre ces
deux alternatives peu réjouissantes : ne pas aller dans
l'enfer, mais désobéir à la sainte, ou s'embarquer avec
Satan, sous la protection de la pieuse Vierge, Patron
Guébriu avait choisi la dernière.

, Auprès de celui de la reine du ciel, s'était-il dit, le
pouvoir du démon est nul!

Depuis son retour à bord, le commandant, encore
trop faible, restait dans sa chambre, abandonnant la
manœuvre à son second qu'il avait jugé d'un coup
d'œil, ordonnant seulement qu'on s'arrangeât de façon
à être en pleine mer au point du jour.

Au moment où le navire, sortant du fleuve, s'engageait
dans le chenal, entre les *Saisies* et les *Sœurs*, une em-
barcation téméraire, bravant les vagues géantes, accos-
ta à l'avant du clipper, au risque d'être brisée contre
sa muraille.

Patron Guébriu, ses fils et le mousse, loin de paraître
étonnés de cette audace, eurent un soupir de soulagement, comme si les braves que portait cette embarca-
tion étaient impatiemment attendus. Tous se précipitè-
rent avec ensemble vers l'étrave, mais ils n'étaient pas
encore arrivés sur le gaillard d'avant que déjà deux
jeunes gens à l'allure alerte et vive, franchissant les
bastingages à l'aide des port-haubans retombaient sur
le pont. Guébriu et ses fils les saluèrent avec respect;
Yvonnic les embrassa.

Les deux nouveaux arrivants portaient exactement le
même costume que le mousse Yvonnic, mais, autant
qu'on en pouvait juger à la lueur des éclairs et des fa-
naux d'applique, ils étaient beaucoup plus jeunes et
plus beaux. Leur visage n'avait point de hâle, et la finesse de leurs petites mains prouvait assez que s'ils
exerçaient habituellement un métier pénible, ce n'était
pas du moins celui des mousses dont ils portaient le
costume.

— Vous êtes bien bonnes d'être venues, demoiselles,
leur dit patron Guébriu, nous commencions à n'avoir
pas le cœur à l'aise. Cet homme est certainement un

fils de Satan pour avoir idée de sortir par ce temps où le diable y perdrait ses cornes.

— Courage, mes amis, répondit en souriant et d'une voix douce le plus grand des deux jeunes gens que patron Guébriu avait nommé demoiselles. Courage, le plus fort est fait.

Ils parlaient encore, quand une lame plus grosse que les autres vint briser contre la coque du navire, et avec un fracas de tonnerre, la barque sur laquelle ils étaient venus.

Le moins grand des deux jeunes gens tenait à la main un bout de filin qu'il confia à Yvonnic, en lui recommandant de ne pas le hâler. L'autre extrémité de cette manœuvre se perdait dans la nuit, du côté du gaillard d'avant.

— Qu'y a-t-il de cassé? demanda le commandant de Loc-Eltas, dont la tête émergeait du panneau de sa chambre. Le gréement du clipper est tout neuf, et sa carcasse est en parfait état. Aurions-nous touché sur l'une des *Truies* ou l'un des *Errants?*

N'ayant de bordés que ses huniers bas, son volant et sa brigantine, le clipper, couché sur les lames, courait avec une vélocité vertigineuse.

La nuit était noire comme de l'encre, et la mer, phosphorescente, bouillonnait autour du navire, aussi loin que l'œil put se porter. Penhor était à la roue du gouvernail; c'était un rude marin et un fameux pêcheur; nul mieux que lui ne connaissait la baie, mais soit qu'il fût demeuré sous le coup de la légende racontée par son père, soit qu'il n'eût aucune idée de la façon dont se gouvernait un grand navire, il l'avait laissé s'engager à toute course dans cette pépinière de rochers; « les Truies » et « les Errants », d'entre lesquels, de mémoire d'homme, nul imprudent qui y était entré n'avait pu sortir vivant.

Sans les voir, le commandant l'avait bien deviné, le clipper courait à sa perte. Il allait, il allait, emporté dans sa course maudite sur une mer d'écume, ayant des rochers à sa droite et à sa gauche, des rochers devant, des rochers derrière, *les Errants! les Truies!*

A la question de Loc-Eltas : « aurions-nous touché sur l'une des Truies ou l'un des Errants? » un frisson d'épouvante courut sous l'épiderme de tous nos marins, et, dans sa stupeur, Penhor, hébété, lâcha la roue.

C'est qu'ils ont une renommée de mort, ces rochers, et leur terrible réputation s'étend de la rivière d'Ethel jusqu'au golfe de Pouldu.

Lentement, péniblement, le commandant gravissait les derniers échelons qui le séparaient du pont. Chaque nouveau coup de tangage faisait hésiter ses jambes trop faibles, et les efforts qu'il faisait pour se retenir, lui donnaient des élancements dans sa blessure de la tempe, à peine cicatrisée.

Quand il fut sur le pont, ses regards se portèrent sur le sillage du navire, et il dit, sans qu'aucune émotion se montrât sur son visage pâle et bronzé :

— Nous l'avons échappé belle!... C'étaient bien *les Errants!*

Les marins se signèrent, croyant fermement qu'une semblable chance ne pouvait venir que d'un pacte conclu entre le commandant et le malin. Mais celui-ci reprit :

— Que signifie cela?... Avons-nous besoin de deux hommes à la barre?...

Alors, seulement, patron Guébriu et ses fils virent à la roue du gouvernail le plus grand des deux jeunes gens qui avaient si miraculeusement embarqué par cette affreuse tempête. Le plus étonné de tous, c'était Penhor dont les mains avaient abandonné la barre et y avaient été remplacées par celles du savant pilote.

Le clipper allait un train d'enfer; on voyait, maintenant, un phare de l'Ile de Groix. Puis le navire marcha dans une obscurité encore plus profonde, sous la haute voûte de rochers de la côte. Loin de diminuer, de minute en minute, l'ouragan semblait augmenter d'intensité.

— Amène le volant! cargue la brigantine! cria Loc-Eltas.

Mais, de l'arrière, une voix douce et grave s'éleva en même temps, disant :

— Priez, priez!

Au son de cette voix, le commandant se sentit défaillir. Patron Guébriu et les autres étaient déjà à genoux.

Avec la vitesse d'un boulet de canon, le clipper s'engegea entre les *Chats*, ces rochers à fleur d'eau qu'aucun navire de gros tonnage n'avait encore osé franchir.

— Priez! Priez! répéta la voix douce et grave.

— Je ne puis pas! je ne puis pas! gémit le commandant.

Le jeune pilote remit la barre entre les mains de Penhor et s'avança vers lui.

— Vous le pouvez, dit-il, priez! Le salut de votre âme est à ce prix.

— Non, non, je ne puis faire ce marché de prendre la vie d'un autre pour me sauver... et, d'ailleurs, j'ai un frère... qui le sauverait, lui?

— Ma sœur! fit le jeune homme. Comme moi, je vous sauverai, vous!

— Mon Dieu! Mon Dieu! Mon Dieu! murmura le commandant en se laissant glisser sur ses genoux. C'est donc bien vous, Armel? ·

— Déhale le filin, Yonnic! cria le jeune homme sans répondre.

Un grand fracas se fit à l'avant du navire, comme si quelque lourde pièce de bois se fut effondrée dans la mer. Le commandant, d'un élan affolé, se précipita vers le plat-bord et se pencha vers l'étrave; alors ces deux mots sortirent encore une fois de ses lèvres, tandis qu'il joignait les mains avec fureur :

— Mon Dieu!

A la secousse imprimée à la drisse par Yvonnic, la figure de Judas l'Iscariote placée au sommet de l'étrave du *Renegado*, sous le beaupré, s'était détachée et avait plongé.

— Vous êtes sauvé, dit Armel, puisque vous avez prié.

C'était Armel en effet. Elle et sa sœur s'étaient embarquées à bord, costumées en mousses, pour sauver, malgré lui, l'âme du renégat.

Elle ajouta :

Maintenant, nous avons franchi la Porte de l'enfer et nous allons en Amérique avec vous pour rendre à votre frère la tranquillité que vous possédez déjà.

Il y a deux rochers maudits à Groix, deux rochers creux où la mer s'engouffre en poussant des plaintes. Le *Trou-Tonnerre* entre Pen-Men et le château de Kervedan; puis, le plus redouté, la *Porte d'Enfer*, entre le port Saint-Nicolas et la pointe des Chats.

A présent, le clipper se balançait sur une mer d'huile. La brise molle et douce enflait à peine ses huniers; à la voûte du ciel sans nuages, brillaient des myrades d'étoiles, et la lune, dans son plein, éclairait au loin la surface unie des flots.

Prosterné à l'avant, le commandant, qui, depuis sa plus tendre enfance, n'avait jamais pu contempler un calme semblable, rendait grâce à la miséricorde du Très-Haut. Il avait devant lui, à la place qu'occupait naguère l'effigie qui donnait son nom au navire, une petite statuette bénie représentant Notre-Dame d'Armor, et la lune mettait autour du front de la Vierge une auréole de rayons.

⁂

Les deux frères Loc-Eltas de Guer-Christ sont rentrés en Bretagne. Si vous passez par hasard au couvent de Saint-Meen, demandez au père prieur de vous raconter cette histoire. C'est de lui que je la tiens, et *c'est la sienne!*

Pour Armel et Lislia, elles ne sont pas entrées dans les ordres, leur sainte mission sur la terre s'y oppose. Armel a une belle petite fille rose, et le vieux curé (ce n'est plus le même!) dit quand il la berce sur ses genoux :

— Voici un ange qui fera plus tard une mignonne madone d'Armor.

IX

LA DOUBLE VUE

*Le baron Le Ponhic. — L'auge de la dame. — Le voile.
— De* PROFUNDIS *d'amour. — Le capitaine Maló. —
Noyade en Vilaine. — Nuit de fiançailles. — Le miroir du baron. — Le « crachat » de l'Anglais.*

C'était encore dans le salon de la marquise... On espérait toujours la venue de Martignac. Le cénacle, qui avait senti des petits frissons lui courir à fleur de peau en entendant conter les aventures de la *Madone d'Armor*, demanda un récit breton au neveu de Robert Surcouf. Le lieutenant Michel Garneray, n'étant pas homme à se faire prier, commença :

Tout enfant, j'ai connu le baron Le Ponhic et j'en avais grand peur. Ce baron était un vieillard très maigre et de haute stature. Bien qu'il ne suivît point les modes du jour, ses vêtements furent toujours d'une rare élégance et sa tenue d'une extrême recherche.

Il portait encore en 1818 cette fameuse décoration du Lys, que le rire avait fait tomber en désuétude depuis bien longtemps, comme plus tard devait briller la croix de Juillet. En France ces insignes rappelant les guerres civiles semblent mourir de honte. Outre le Lys, le baron Le Penhic portait aussi le ruban de Saint-Louis.

Souvent, il venait partager le repas de mon père qui était son grand ami, le prisait fort et avait sérieusement raison.

Mon appétit s'en allait à chacune des visites de cet homme au pouvoir mystérieux.

Du coin de l'œil, je contemplais cette longue figure aquiline et très pâle sur laquelle je ne pouvais voir la distinction mélancolique qui y était. Un front bizarre qui couronnait cette tête d'oiseau, un front énorme en hauteur, mais étroit et fuyant, comme la perspective d'une route, entre deux touffes de cheveux frisés et grisonnants. Ce front m'eût peut-être fait rire en moi-même, si je n'avais eu peur.

Au temps dont je parle, le baron avait bien soixante et quelques années. Sa petite fille était adorablement jolie, douce et joyeuse. Son père l'adorait; il s'était marié sur le tard.

Outre sa fille, qui avait nom Cantiqua, le baron avait encore, chez lui, un fils adoptif dont je reparlerai.

Jamais je n'ai rencontré un homme aussi galant avec les dames que le baron Le Ponhic. Il parlait peu, par exemple, chacune de ses paroles était marquée au coin de la plus exquise courtoisie.

Les dames ne détestent pas à trembler; c'est ce qui peut expliquer pourquoi elles couraient toutes après lui, quoiqu'il leur fît un peu frayeur.

Du reste, c'était un beau chasseur de l'ancienne école; il fatiguait les jeunes gens en forêt et en fait de vènerie, ses décisions avaient force de loi. Malgré son âge, il tirait l'épée comme Lagardère, jouait le whist avec talent et était fervent catholique.

Dans tout cela, me direz-vous, qui pouvait donc vous effrayer si fort?

J'y arrive.

Le baron Le Ponhic *Voyait!*

En Bretagne, comme en Ecosse, on appelle *voyants* une certaine classe d'illuminés, heureusement très rares, qui ont le sinistre don de prédire la mort.

Ils *la voient!*

C'est à n'en pas douter.

Il y a là-dessus quantité d'histoires anciennes et modernes qui font pousser tout droit des cheveux aux chauves.

Elles sont authentiques. Pour vous en donner la preuve, en voici une qui se rapporte à la famille même du baron, car on transmet comme un héritage ce funèbre don.

Près de Pornic, ce pays tout plein d'effrois légendaires et de roches tremblantes, se dressait, et se dresse encore, à droite de la grand'route, un antique manoir. Une fois, je vis le soleil couchant rougir les corps de logis désemparés dont chaque fenêtre semble jeter ou suspendre de pleines brassées de fleurs. La pourpre du soleil, marquant le mur, sous le manteau troué des lierres noirs, semblait montrer une masse de pierres précieuses, mal cachée derrière le feuillage jaloux, où un incendie féerique entrevu à travers les déchirures d'un haillon en deuil.

C'était là, autrefois, la maison de Le Ponhic.

Le château est mort, mangé par les fleurs qui le ruinent, pierre à pierre, depuis longtemps.

A côté est une ferme qui n'appartient même plus aux Le Ponhic.

Du haut du talus, tout glacé de bruyère, où trois granits gigantesques sont accroupis comme des sphinx, on peut voir, par-dessus les cheminées de la ferme, la carcasse encore puissante du château décédé.

Devant la maîtresse porte de la ferme, se trouve une auge de pierre grise.

D'où que vous veniez, qui que vous soyez, un homme portant la culotte bouffante et la veste brodée des Bretons de l'endroit, sortira pour vous dire :

— Venez-vous regarder l'auge de la dame?

Ne vous éloignez pas, mais donnez une pièce blanche à l'homme, examinez l'auge et écoutez.

L'homme vous dira aussitôt :

— Mme Jenny Le Ponhic épousa Jehan de Klincardec.

Elle était jeune et aimait tout ce qu'elles aiment : rire, chanter et danser.

Comme tous les Le Ponhic, elle « voyait ».

Un jour qu'elle se faisait belle pour aller au bal, Jehan de Klincardec vint la lutiner à sa toilette.

Elle *vit sa mort!*

Elle l'aimait bien pourtant, mais elle se dit : j'aurai le temps de le lui dire après le bal, afin qu'il s'en aille en paix.

C'était mal. On doit aimer mieux son mari.

Mme Jenny continua de se parer, quoiqu'elle fût bien pâle. Mais, elle mit un peu plus de fard, et il n'y parut point. On fut au bal. Tandis qu'on dansait, Jehan de Klincardec tira l'épée contre un seigneur qui avait ri de Mme Jenny et son pauvre corps fut rapporté tout sanglant au manoir.

Pour ce péché, Mme Jenny fit une rude pénitence.

Plus jamais elle ne se para, plus jamais elle ne dansa, plus jamais elle ne dormit dans un lit.

L'auge est là pour le dire.

Mme Jenny, pendant vingt ans, coucha sur cette froide et dure pierre qui finit par garder en creux la forme de son corps.

— V'là sa tête! v'là son dos! v'là ses pieds!

L'étranger ne croit pas, moi je crus.

Le crime avait été brutal. Mais le repentir fut si obstiné et terrible qu'il usa la pierre.

♣

Chaque fois que le baron Le Ponhic fixait sur moi son regard triste et bon, je frémissais. J'avais peur qu'*il vit ma mort*. Le baron me fascinait. Si ma bonne tante l'avait planté dans son verger, jamais je n'aurais pris de ses fruits, dont j'ai mangé assez, en dehors de toute légalité, pour creuser aussi mon auge de pénitence.

Ce fut cette tante qui, justement, m'expliqua ce que vous brûlez de savoir : comment le baron Le Ponhic *voyait* la faucheuse funèbre.

J'eus la fièvre, ce soir-là, quoique, je le déclare, c'était bien simple.

Comme la plupart des dames, ma tante était extraordinairement friande des choses surnaturelles. Aux bons moments des récits lugubres, elle avait une façon de piquer son aiguille à tricoter dans ses cheveux, qui vous figeait la moelle dans les os.

Un soir, nous étions seuls dans son vaste salon éclairé par un seul flambeau. Si le flambeau était en argent, il ne supportait qu'une humble chandelle. Le luxe a changé tout cela, maintenant ce sont des flambeaux en plaqué qui portent, mais des bougies qui brûlent.

En réponse à une poltronne question que rendait plus chevrotante encore la lueur de la chandelle, animant vaguement les personnages de la vieille tapisserie, ma tante me dit :

— Tu te détruiras l'estomac à force de voler mes fruits, il y a un poison dedans, et ce sera bien fait... Quant au baron Le Ponhic, voilà comment ça se passe. A table, par exemple, il est à côté de toi...

Je fis un soubresaut qui la flatta. Ma tante aimait à faire des effets.

— Ou bien, continua-t-elle, si tu le préfères, il cause avec toi, au soir... Qu'as-tu?

Je commençais à claquer des dents, très franchement.

Avec orgueil, elle ficha son aiguille à tricoter dans son bonnet et poursuivit :

— Moi, d'abord, je lui ai fait promettre de m'avertir.

— Ah! m'écriai-je, ma chère Tante, dites-lui qu'il ne m'avertisse pas!

Lequel avait raison de nous deux?

Ne serait-ce pas un noble privilège que de pouvoir interroger, avec connaissance de cause, cette heure suprême qui vaut toute la vie! Non! la plupart de nous aiment à dormir et l'incertitude est un oreiller si commode.

— Nigaud! fit ma tante avec dédain... Il me l'a promis, ajouta-t-elle... Il est donc là où je suis, toi où tu es. Vous bavardez. Il sait des histoires à désopiler la rate, d'autres qui croustillent et il parle si bien... Tout

à coup, il fait un léger mouvement, il tousse; on croit
qu'il va éternuer; non! il est déjà remis. Il en a tant
l'habitude!

— Qu'y a-t-il donc eu?

— Ah voilà! il lui est passé comme un brouillard
devant les yeux juste entre lui et toi... c'est *le voile!*

J'eus besoin, tant mon émotion était profonde, de
me retenir au bras du fauteuil.

— Juste entre lui et toi, répéta ma tante avec une
inflexion de voix sinistre. Et n'est-ce pas drôle... Il me
semble que cette chandelle n'éclaire plus du tout. Jadis
on les faisait bien mieux... C'est à peine si je puis te
voir à travers un brouillard...

Mes forces m'abandonnaient, mes yeux tournaient.

J'eus pourtant la force de balbutier :

— Et ce brouillard... c'est la mort?

— Nigaud! fit-elle encore, sais-tu que tu n'es point
brave comme feu la bravoure lui-même? Des fois le
brouillard se dissipe... Voilà justement que je recommence à te voir... Pour cette fois-ci tu es sauvé!

— Ah! ma bonne tante! m'écriai-je soulagé.

Elle me demanda en riant avec menace :

— Me prendras-tu encore des fruits?

— Oh non!

— Parfois, reprit-elle d'un ton tragique, le brouillard
s'épaissit. Alors, mon garçon, ça se gâte. Sapreminette,
tu regrettes le soleil de tantôt, hein?... Le brouillard
s'épaissit donc?... Il s'épaissit, devient compact et prend
la forme...

— Mon Dieu! quelle forme?

— La forme d'un cercueil! Cette fois-là, ça y est!

♣

Ma tante continua :

— Etant jeune, le baron était d'une gaieté folle. Tu
comprends que moi, je ne l'ai pas vu, car nous ne sommes pas du même âge; mais on me l'a dit. Sa tristesse
ne lui est venue qu'après l'affaire de Mlle de Kerhor

que, du temps de l'émigration, il enleva en Angleterre.
Je ne sais si je dois te raconter ça, hein? tu es si jeune.
Ils s'aimaient comme on aime à leur âge : vingt et seize
ans. Mlle de Kerhor était aux environs de Londres, dans
le château d'un lord. Il lui écrivit : « Je vais me faire
tuer à la guerre!... » Elle répondit : « C'est bête! ma-
rions-nous plutôt ».

Je voyais devant moi ce diable de brouillard.

Cependant, ce style familier était destiné à me res-
susciter, car j'étais un peu mort.

Après tout, je n'étais qu'un enfant et l'idée du baron
écrivant qu'il allait se faire tuer si on ne l'aimait, du
baron avec son front chauve, comme une perspective
de grande route, me réveilla. J'eus presque envie de
rire. Cela m'étonna.

— Mlle de Kerhor, continua ma tante, était jolie
comme un amour. Mais elle n'avait pas froid aux yeux,
j'en réponds! Tu vas voir! C'est certain que le baron
ne demandait pas mieux que de se marier. Toutefois,
le difficile était de se procurer un prêtre; et puis, il
fallait la faire sortir du château.

Je ne sais pas pourquoi il était difficile de sortir du
château. Voilà le fort. La demoiselle était gardée. Peut-
être, le lord anglais voulait-il aussi l'épouser. Toujours
est-il que le brave baron Le Ponhic arriva, par une nuit
noire comme de l'encre, au pied du château. Non, non,
Mlle de Kerhor n'avait pas froid aux yeux. En costume
de voyage et sa valise toute faite, elle l'attendait à sa
fenêtre.

— Pssst! fit le baron.

— J'y suis, répondit-elle.

— Attrape!

Le baron lança un petit caillou. Mlle de Kerhor le
saisit à la volée comme un singe qui gobe une noix.
Vois-tu ça? Le caillou était à un fil et le fil à une échelle
de soie. C'est léger comme une plume ces échelles-là,
mais c'est fort!...

♣

Les échelles de soie font le succès de tous les romans où on a le bon goût de les placer.

Si je m'arrête pour vous dire que ma tante était demoiselle, et que ce mot échelle de soie vibrait délicieusement aux oreilles des demoiselles d'un certain âge.

— C'est fort, reprit ma tante; ça peut porter le ravisseur et l'enlevée. Voilà donc qui va bien. Mlle de Kerhor tire, tire et l'échelle monte. Elle l'accroche solidement à son balcon et enjambe la barre.

— Je vais monter, dit le baron.

— N'en faites rien, mon ami, merci! Ne vous donnez pas cette peine; j'irai bien toute seule.

Et, ne faisant ni une, ni deux, elle descend comme père et mère. C'était pourtant sa première fois, m'a-t-on assuré.

Elle arrive en bas. Mon baron ouvre ses bras et roucoule :

— Mon âme! ma vie! mon idôle!... et autres.

Les amoureux, c'est innocent!

Mais il s'arrête tout à coup et chancelle comme un homme qui aurait bu un coup de trop.

Tu as deviné? Entre lui et sa fiancée, il avait vu *le voile*.

♣

J'étais fortement impressionné, jamais je n'avais lu de roman.

— Mais, objectai-je avec l'incomparable logique des enfants, puisqu'il faisait noir comme dans un four, comment le baron put-il le voir, ce voile?

Il n'y avait pas là de quoi embarrasser ma tante.

— Dans le noir, on peut voir le blanc, répondit-elle; et les cercueils des jeunes filles sont blancs, c'est clair.

Quoique ça, poursuivit-elle, je n'aurais jamais cru que tu comprendrais si bien. Dans deux ou trois ans, tu songeras à autre chose qu'aux fruits... Je te laisse à penser l'effet que ça lui fit au pauvre baron. Il était changé en pierre. La Kerhor avait beau lui dire : « On peut venir, fuyons, décampons! », il restait sans bouger ni parler.

Soudain, il se mit à pleurer, car il a toujours eu le cœur tendre.

Mlle de Kerhor ne s'était pas laissée couler le long de l'échelle pour l'écouter geindre.

A la fin, elle se fâcha, disant :

— Faudra-t-il remonter?

Il se jeta à ses genoux et avec de grands sanglots, lui avoua qu'il avait vu le voile.

Mlle de Kerhor ne demanda point d'explications. Elle resta un instant silencieuse.

Tous ceux qui connaissent le baron Le Ponhic savent qu'il *voit*.

— Ma pauvre enfant, reprit alors le malheureux baron; au lieu de se marier, il est temps de songer et vite à finir tranquillement.

La Kerhor ne répondit point.

Mais au bout de quelques minutes, elle prit son bras et dit seulement :

— Marchons.

Ah! elle n'avait pas froid aux yeux!

— Pour aller où, Seigneur? demanda le baron Le Ponhic.

Il y avait au bas de la Tamise un lieu nommé Ramsgate, où se trouvait un ministre de je ne sais plus quelle secte qui mariait pour une guinée. Ce n'est pas cher.

C'est à Ramsgate qu'ils devaient aller.

Tout auprès du château du lord, coulait la Tamise. Une barque attachée à un piquet attendait au rivage.

La Kerhor avait arrangé tout le plan elle-même, il n'y avait point de marinier.

Que pouvait faire le baron? Il offrit son bras; on monta dans la barque. La demoiselle vers l'arrière à

la barre; le baron au centre, avec les avirons et adieu
va!

Dieu aura-t-il eu pitié d'elle? Je l'espère.

La mer baissait, c'était le jusant, comme on dit, le
baron n'avait qu'à suivre le courant et pourtant il suait
toute la sueur de son corps; il suait comme à l'agonie.

La barque glissait, silencieuse. L'eau de la Tamise,
les deux rives et le ciel, tout était noir. Le baron chercha à parler: il ne pouvait point.

Au bout d'une heure, il entendit une voix qu'il ne
reconnut pas.

C'était la belle de Kerhor qui récitait son propre *de
profundis*.

Ce n'était pas gai, ha! la non! Le premier verset fini,
le baron répondit le second et ainsi de suite.

Il est rare que pour avoir une pareille conversation
on se donne la peine de descendre par une échelle de
soie.

— Baron, mon cher Baron, dit Mlle de Kerhor, au
bout de la deuxième heure, je vous aimais tendrement
et nous eussions été bien heureux.

— Mon pauvre bel ange, répondit Le Ponhic qui sou-
pirait à fendre le cœur, c'est le paradis perdu!

— Nous nous retrouverons là-haut, baron, mon cher
baron, mais pour cela, il faut que je sois votre femme.

— Vous serez ma femme, mon bel ange, fut-ce à votre
dernier soupir!

— Merci, mon cher baron, merci. Et jamais, n'est-il
pas vrai, vous n'en prendrez d'autre après moi?

Le baron réfléchit.

— Mon pauvre bel ange, répondit-il bien doucement,
je suis le dernier Le Ponhic; messieurs mes deux frères
aînés sont morts à l'armée de Condé. J'ai vingt-quatre
ans. Pendant vingt-six ans, je vous pleurerai.

Ma tante s'interrompit.

— C'est pourquoi il s'est marié si tard!

Mlle de Kerhor, reprit-elle, fut assez raisonnable
pour n'en point demander davantage. Mais c'est toujours donnant, donnant, qu'il faut traiter avec les da-

mes. Elle quitta sa place et vint s'asseoir à côté du baron qui cessa de ramer.

La barque allait au fil de l'eau.

La Kerhor dit tout bas :

— J'ai peur de mourir avant d'être votre femme.

— Nous sommes bientôt arrivés, répliqua le baron.

— Baron, mon cher baron, accordez-moi une grâce?

— Parlez, bel ange, elle est accordée d'avance.

— Jurez-le?

— Je le jure!

— Mon cher baron, voici ma volonté : je veux que vous m'épousiez, quand même je serais morte?

Le baron allait répliquer, mais il n'eut pas le temps de faire une objection.

Le bateau, qui n'était plus dirigé, s'était rapproché peu à peu du rivage. Les douaniers anglais ne plaisantaient point, car on faisait alors la guerre à la France. Dans la nuit, une voix cria :

— *Sheer off!* (au large!)

Et comme nos deux amoureux ne songeaient pas à répondre, pif! paf! il y eut une décharge de mousqueterie.

Entre les bras du baron Le Ponhic, Mlle de Kerhor tressaillit et soupira faiblement :

— Baron, mon cher baron, adieu! j'ai votre serment et je m'en vais heureuse.

♣

Ma bonne tante fit ici une pause et ficha gravement deux aiguilles à tricoter sous son bonnet, une de chaque côté.

— L'avait-on vraiment tuée, demandais-je, cette belle demoiselle de Kerhor?

— Pas mal, et assez comme ça, répondit ma tante. Raide! mais oui!... Un honnête homme, poursuit-elle, n'a que sa parole, et le baron, tu le sais, est le plus honnête homme du monde, or, il avait juré d'avance. Il arriva chez le prêtre hérétique avec sa fiancée sur le dos.

Toc! Toc!

— Qu est là? fit le païen.

— Deux mariés.

— Il ne fait pas jour, repassez dans un moment.

— Ouvrez! Vous aurez quatre guinées au lieu d'une. Je t'abrège tout ça... On ouvrit.

Le baron se chargea de fermer la porte et il la referma à double tour.

— Où est la fiancée? interrogea le ministre.

— La voici, répondit le baron Le Ponhic en déposant son fardeau sur la table.

L'excommunié ouvrit des yeux grands comme des portes et fit :

— Ce n'est qu'un corps!

— Ce n'est qu'un corps en effet, dit le baron, mais son âme nous voit. Ce sera huit guinées au lieu de quatre. Alors, Monsieur, faites vite, j'ai juré.

Le schismatique jura aussi comme un damné qu'il était.

— Il faut deux « oui » pour marier.

— Elle a dit le oui plutôt dix fois qu'une, affirma le baron, j'en fais serment.

Le païen en avait vu bien d'autres. Pour gagner ces dix louis, il maria le vivant et la morte.

Cela dura vingt-six ans! L'union, s'entend.

J'ai vu des mariages entre vifs qui s'usaient en moins de vingt-six jours.

Le premier jour de la vingt-septième année, le baron convola. Il avait alors cinquante ans. Mais tu peux bien affirmer qu'à un pareil métier, il avait conservé toute sa verdeur. C'est pourquoi il eut ce cher amour de Cantiqua.

Je demandai :

— Et Yves?

Cet Yves était le fils adoptif dont j'ai promis de reparler.

— Pour Yves, répondit ma tante, c'est une autre paire de manches. A force de parler ainsi, tu me feras prendre mal à la gorge. Promets-moi de ne plus piller mes fruits et écoute bien.

Ma tante roula son tricot et croisa ses mains sur ses genoux. J'avais promis.

— Du temps de ma jeunesse, dit-elle, il paraît que Rennes était une mauvaise ville de garnison pour les officiers. On s'en entretenait jusqu'à Paris, car messieurs les militaires, voulant parler trop haut, se faisaient tuer comme des mouches par les Bretons.

Le baron Le Ponhic était déjà marié et veuf aussi. Sans la petite Cantiqua, il y aurait eu bien du grabuge dans son ménage, car le mariage n'avait, paraît-il, pas été heureux. Cantiqua était encore en nourrice, elle avait deux ans.

Depuis la mort de sa femme, et bien que d'âge assez mûr, le baron avait repris la vie de garçon. Et Dieu sait comme il la menait.

Cependant, le jour il se conduisait en chrétien, mais le soir venu, il buvait comme un puits et faisait le diable par les rues. Les jeunes gens suivent volontiers les fous, aussi le suivaient-ils. Si parfois un nouveau régiment arrivait, le baron allait au Café de la Comédie, sous les arcades de la place d'Armes, pour *tâter* les officiers.

C'était une rue lame, la meilleure de toute la Bretagne. Il était plus brave que son épée, et comme il avait la tête assez près du bonnet, il arrivait souvent des malheurs.

L'autre histoire était drôle, mais se passait en Angleterre, celle-ci se passa en Bretagne et elle est plus forte, écoute un peu.

Un jour, arriva un escadron de dragons, de beaux soldats, comme je n'en ai pas revu depuis. Les officiers se rendirent, le soir, au Café de la Comédie, c'était le rendez-vous militaire.

Le baron s'y trouvait.

Ce qu'il cherchait, il ne fut pas long à le trouver. Le capitaine Mâlo avait le sang aussi chaud que lui. Ne m'interromps pas. Yves s'appelle Mâlo, comme le capitaine. Tu vas voir pourquoi.

Dans la soirée, le baron Le Ponhic et le capitaine se prirent de querelle. Le Ponhic reçut un maître soufflet.

C'était la première fois, d'habitude, il prenait les devants.

On le connaissait, on savait sa bravoure et la soudaineté de ses colères terribles. Aussi, en ce moment, personne n'eût assurément donné deux liards de la vie du beau capitaine. Les garçons avaient caché les queues de billard, craignant une scène formidable, un branle-bas général.

Point ne fut, cependant. Le baron, qui s'était levé comme un furieux, d'écarlate qu'il était, devint très pâle, il fit le signe de la croix, baissa les yeux et se rassit.

— Sacré tonnerre! firent ces messieurs de la ville.

Le capitaine Mâlo était debout devant son adversaire, derrière lui, les officiers riaient. On attendit la moitié d'une minute, ce qui avait la valeur d'un siècle. Cette demi-minute écoulée, ces messieurs de la ville murmurèrent :

— Tonnerre de tonnerre! le baron aurait-il trouvé son maître!

— Sa joue était rouge.

— Un signe de croix pour un soufflet, c'est monnaie de singe!

— Si tu es devenu carme, baron, tends l'autre joue!

Et bien d'autres choses. Les dragons riaient plus fort. Le baron se leva, prit son chapeau et sortit.

La chose était si réellement fantastique, impossible, que toute la ville en parla, n'y voulant point croire. Le baron Le Ponhic, une fois en sa vie, avoir eu peur, allons donc!

On frappa vers deux heures de nuit à la porte du capitaine Mâlo qui dormait. Il alla ouvrir en pantoufles, croyant que c'était un camarade attardé. Celui qui entra lui dit :

— Allumez une bougie.

Le capitaine fit ce qu'on lui demandait. Aux premières lueurs de l'allumette, il reconnut son adversaire du Café de la Comédie. Imaginant tout uniment qu'on venait l'assassiner, il sauta sur son épée.

Le baron le salua avec toute la courtoisie qu'il met
en toutes choses et sourit tristement.

— Capitaine, lui dit-il, j'ai dans ma voiture, en bas,
un notaire et un prêtre.

— Corbleu! fit Mâlo, que voulez-vous que je fasse de
ces gens?

Il quitta ses pantoufles et se remit au lit en pensant :

— C'est un fou peu dangereux.

— J'ai amené ce prêtre et ce notaire, continua le
baron Le Ponhic pour le cas où il vous plairait de mettre ordre à vos affaires de conscience et d'intérêt.

— Je vous en sais gré.

— Capitaine, vous allez mourir dans les vingt-quatre
heures.

— Corbleu! fit encore Mâlo, espérez-vous m'effrayer,
brave homme! Vous savez pourtant bien que la plaisanterie ne vous réussit guère avec moi.

Tout en parlant, il s'était relevé sur son coude.

— Monsieur, repartit le baron, je suis *voyant* et *j'ai
vu votre mort!*

Pour le coup, le capitaine se laissa retomber sur son
lit en éclatant de rire.

— Vous ne croyez pas à cela, fit Le Ponhic qui commençait à se fatiguer. Regardez-moi entre les deux yeux.

Le capitaine le regarda, et le baron ajouta d'une voix
qui lui coupa le rire dans les dents :

— Monsieur, voilà qui est clair; si vous ne deviez
pas mourir aujourd'hui, je vous aurais tué, hier au soir,
comme une mauviette.

⁂

Le capitaine ne voulut ni du prêtre, ni du notaire.
C'était son affaire en somme.

Je ne sais comment les choses se passèrent, mais le
baron Le Ponhic resta assis à son chevet et jusqu'au
jour. Ils causèrent trois ou quatre heures sans se fatiguer.

Lorsque le baron se leva pour partir, Mâlo lui dit :

— Que le diable m'emporte! je n'ai jamais rencontré un aussi galant homme que vous!

— N'appelez pas le diable, répondit le baron, il vous guette... Voyons, une seule minute avec le prêtre?

— Corbleu! fit Mâlo, au lieu de répondre, nous allons passer, si vous voulez au Café de la Comédie et je vous ferai des excuses publiques.

Le baron Le Ponhic lui tendit la main.

— Adieu capitaine! vous êtes entêté, dit-il.

Le capitaine Mâlo sauta hors de son lit et remit ses pantoufles pour aller reconduire son hôte jusqu'à l'escalier. Là, avant de se séparer, ils se serrèrent la main comme de vieux amis.

— Quant au petit gars, dit le baron, ne vous en inquiétez pas. En cherchant bien, on lui trouvera un père.

En rentrant le capitaine bouchonna ses yeux qui le piquaient.

♣

Ce jour-là même, le brave Mâlo, capitaine des dragons, mourut en rivière de Vilaine, en cherchant à sauver un balourd qui se noyait. Point n'est besoin d'ajouter que le balourd s'en tira tout seul; c'est la règle!

— Dites au baron Le Ponhic, cria Mâlo en mourant, qu'il pense au petit gars!

La Vilaine n'est pourtant ni large ni profonde.

La ville de Rennes comprit alors pourquoi le baron avait dévoré son affront. Il ne se trompe jamais!

Dormirais-tu, môme? Non!... S'il te dit deux mots à l'oreille, ne fais pas comme le beau capitaine de dragons et va trouver M. l'Abbé.

Le lendemain, le baron, après l'enterrement de Mâlo, où il mena le deuil, partit pour un voyage. Où allait-il? on n'en savait rien; quand il revint, on ne sut point d'où il venait. Il ramenait avec lui un beau petit gars d'une dizaine d'années, qui tout doucement s'habitua à le nommer son père.

C'était Yves Mâlo.

L'affaire du soufflet se termina malheureusement pour une douzaine de ces messieurs qui s'en retournèrnt éclopés par le baron. Ils avaient voulu rire, sais-tu?

♣

La voix de ma tante s'était progressivement abaissée en parlant Elle m'envoya me coucher et j'eus des cauchemars.

Avec les histoires que tout le monde sait là-bas sur le baron, je pourrais vous intéresser dix jours durant. Les unes sont touchantes, les autres terrifiantes; aucune n'est gaie.

Craignant la monotonie d'un pareil sujet, je ne vous en dirai plus que deux, dont je fus personnellement témoin.

Après ma sortie du collège, je n'avais plus peur du baron Le Ponhic, mais sa présence faisait toujours naître en moi une sensation de froid. Il venait nous voir plusieurs fois par semaine. Je l'estimais sincèrement et l'aimais davantage. En dehors de ce bizarre et lugubre don, qui faisait de lui un être à part, il était impossible de trouver un homme du monde plus distingué, d'une instruction plus exempte de pédantisme, d'une intelligence plus fine. C'était par excellence le vieux gentilhomme, tels que le rêvent les amoureux du temps passé

Yves Mâlo me nommait son ami, et j'aimais Cantiqua Le Ponhic comme on aime une sœur.

Cantiqua était bien nommée. C'était, en effet, le cantique de la joie innocente et charmante que chantait son sourire. Ses yeux d'enfant, où la moindre émotion met des larmes, avait un si beau sourire que vous eussiez toujours voulu voir.

Et avec cela, elle était jolie, jolie! Ses regards bruns perçaient sous d'adorables cheveux blonds, légers et à la fois prodigues : une bouche spirituelle, aux lèvres humides qui semblaient appeler le premier baiser, une taille si flexible qu'on eût dit parfois que le vent la balançait comme la tige d'une fleur.

Quoiqu'elle n'eût pas encore seize ans, elle avait été demandée en mariage déjà bien des fois, mais le baron Le Ponhic la destinait à Yves Mâlo, et le désir du père était d'accord avec le cœur de Cantiqua.

En épousant Cantiqua, Yves devait ajouter à son nom celui de Le Ponhic, il y avait une instruction ouverte à ce sujet.

Le baron avait de très belles relations, même à Paris; aussi l'affaire ne traîna-t-elle pas. Pour les fiançailles, on donna un grand dîner suivi de bal, où fut invité Mgr l'Archevêque de Rennes, qui devait célébrer le mariage.

Le baron et lui se tutoyaient; ils avaient été ensemble au collège.

J'étais assis à table en face de Cantiqua et je me souviens fort bien que j'éprouvais cette vague jalousie du jeune homme qui, pour la première fois, voit sur un autre le grand bonheur d'aimer. La joie de Cantiqua lui faisait une couronne, elle me semblait transfigurée.

Cette joie, cependant, égalait à peine la grande allégresse du baron Le Ponhic. Il assistait à la réalisation de son rêve le plus cher. Il riait, il plaisantait; au dessert, il avait une légère pointe; enfin, il n'était plus lui-même.

Aux liqueurs, il se leva de table, embrassa ses deux enfants qu'il chérissait d'une égale tendresse; puis sortit.

Plusieurs des convives affirmèrent qu'en sortant, il semblait fort pâle.

On passa au salon et le bal commença, et si vous aviez vu Cantiqua! Elle donnait le plaisir! Les délices de son bonheur s'épandaient autour d'elle comme une contagion.

L'absence du baron Le Ponhic, cependant, était dans un pareil moment inexplicable. Or il ne revenait point. Chacun savait pourtant bien que pour un empire, il n'eût point voulu céder sa part de cette bienheureuse fête.

Il vint enfin.

Par hasard, je le vis entrer, et sans savoir pourquoi, j'eus froid.

Ses lèvres souriaient, mais ce sourire glaçait.

— D'où sors-tu? demanda l'archevêque de Rennes.

Le baron le prenant sous le bras l'emmena dans une embrasure.

— Cantiqua va nous quitter! lui dit-il.

— Tu es fou!

— En l'embrassant, tout à l'heure, j'ai vu le *voile!*

— Tu es fou! répéta l'archevêque en colère.

Le baron le regarda douloureusement et poursuivit :

— Il faut néanmoins la laisser danser et se réjouir. Ces chères heures sont désormais le bonheur entier de ma vie, j'en suis avare. Après le bal, tu la prendras à part pour faire ton devoir!...

— Tu es archi-fou! conclut l'archevêque.

Mais il ne put faire entendre raison au baron qui fut inflexible.

Cantiqua, dont le cœur était pur, était facile à convaincre; on lui donna comme prétexte le mariage prochain et, le soir même, le bon archevêque lui fit ses dernières recommandations dans la chapelle du château.

Quand elle se mit au lit, dans le plein recueillement de son bonheur, il était deux heures après minuit.

Ses compagnes, le lendemain matin, tressaient en pleurant une guirlande de roses blanches.

La pauvre petite demoiselle Le Ponhic était morte d'une maladie que nul médecin n'avait soupçonnée : la rupture d'un anévrisme.

Morte, je la revis. Ses yeux n'étaient point fermés; ils souriaient.

Mon dernier récit est le dénouement, et je n'en connais point de plus dramatique, de la vie du baron Le Ponhic.

Depuis bien longtemps déjà, Cantiqua s'était endormie du dernier sommeil. Le baron Le Ponhic avait une verte et vigoureuse vieillesse. Avec Yves Mâlo qui ne le quittait jamais, il avait repris sa vie de gentilhomme chasseur.

Un jour, un scélérat d'Anglais du nom de Cornil, récemment échappé de la tour de Londres, vint s'établir charbonnier dans les bois du baron, à une demi-lieue de son château.

Quelque cinquante ans auparavant, le baron avait eu l'occasion de sauver ce malheureux en Angleterre, lors de son premier et lugubre mariage.

Cornil témoignait sa reconnaissance en lui demandant souvent la pièce. Le baron donnait; moyennant quoi ils vivaient bons amis.

Il y avait un point, pourtant, sur lequel il était impossible de faire entendre raison au vieux gentilhomme : c'était le braconnage; et ce Cornil était un diabolique affûteur.

Il braconnait avec un fusil de fabrique anglaise.

Entre tous, le baron affirmait reconnaître le « crachat » de ce fusil, qu'il entendait souvent de son lit, disait-il. Il se levait parfois de mauvaise humeur, disant :

— J'ai ouï *cracher l'Anglais* et mon Cornil aura sur les oreilles.

Par l'Anglais, il entendait le fusil. Lorsqu'un garde forestier répétait ces paroles au charbonnier Cornil, celui-ci répondait en haussant les épaules :

— Notre monsieur est une trop bonne bête.

⁂

Un jour pourtant, Cornil ayant eu l'audace de tuer un daim en dedans des barrières du parc, le baron lui donna de son fouet de chasse sur les épaules.

⁂

Le lendemain, nous étions tous au château; on devait y dîner et y coucher; le baron avait commandé pour le jour suivant la première grande chasse de l'hiver.

Après la partie de billard, vers cinq heures de l'après-midi, le baron nous dit :

— Faites un bout de toilette, mes bellots, il y a des dames; moi je vais me raser.

Nul ne remarqua, quand il revint, aucun changement dans son humeur; il avait la barbe faite.

— Avons-nous M. le recteur (curé)? demanda-t-il à Yves Mâlo.

Et sur sa réponse négative.

— Alors, mon enfant, va le chercher! ajouta-t-il.

' Le dîner fut très gai. Le baron, d'une charmante humeur, fut on ne peut plus galant avec deux ou trois dames des environs qui y assistaient.

Le temps menaçait. Le baron s'en préoccupait beaucoup.

— Pourvu que nous n'ayons pas demain de pluie pour la chasse, disait-il. Le vent est mauvais.

Au dessert, il conta une histoire de chasseur. Jamais je n'ai vu conter aussi bien que lui.

Le recteur, averti assez tard, venait d'arriver.

Le baron s'approcha de Mâlo, quand on passa au salon, et lui dit :

— Surtout, ne fais pas d'hélas! garçon, et excuse-moi près de ces dames, j'ai à parler au recteur.

Yves ne pouvait comprendre.

— Je me suis rasé, tu le sais, poursuivi plus bas le baron avec un mouvement d'impatience.

Il faut se regarder dans une glace, pour se raser. Entre mon image et moi, j'ai vu le voile!

Yves recula épouvanté.

Le baron ajouta :

— Là-haut, dans le secrétaire, tout est en ordre, tu sais? je n'ai que toi, garçon!

Et comme le pauvre Yves voulait l'embrasser, il le repoussa doucement :

— Enfant, nous avons le temps, dit-il, ça peut aller jusqu'après la chasse.

Il resta un bon moment avec M. le Recteur.

Yves avait disparu. Il y avait parmi nous comme

une vague tristesse, et pourtant, nous ne savions encore
rien.

Yves et le baron rentrèrent en même temps. Le jeune
homme avait les yeux rouges, le vieillard souriait.

— Au lit! mes bellots, s'écria-t-il gaîment. Il faut
être debout demain, de bonne heure. D'où viens-tu, toi?

Il s'adressait à Mâlo qui passait le seuil.

— J'ai dit de fermer les volets, répliqua Yves.

— Pourquoi? Quelle mouche te pique?

Yves murmura :

— Ce Cornil me trotte dans la tête.

— Allons donc! fit le baron Le Ponhic, il m'a mangé
dans la main. Nom d'un tonnerre! s'interrompit-il. Pardon! Monsieur le Recteur... Veuillez m'excuser, belles
dames... On dirait qu'il pleut! Ce serait dommage pour
demain.

Vivement, il s'approcha de la croisée pour consulter
le temps.

On entendait au dehors les domestiques qui fermaient
bruyamment les volets.

— Vont-ils me laisser voir ceux-là?... commença le
baron Le Ponhic en soulevant le rideau.

Le volet roulait en effet déjà sur ses gonds.

Mais la mort avait eu le temps de passer!...

Sous le couvert, un coup de feu retentit, un carreau
brisé éclata, le baron tomba, la tempe percée par une
balle.

Cependant, sa pauvre voix mourante put encore dire
ceci à Yves qui essayait de le soulever dans ses bras :

— Garçon, tu avais raison, c'est le *crachat de l'Anglais!* Il ne faut fouetter que les chiens, et encore!... Je
te défends de faire du mal à ce coquin de Cornil.

Il ajouta péniblement :

— J'avais raison aussi... le voile!... Bonsoir, Yves,
mon chéri... bonsoir... mes bellots... et ces dames!... Je
vais revoir tous ceux que j'ai aimés... Mlle de Kerhor!...
Mme Le Ponhic!... Cantiqua!...

♣

Enfin, le vicomte Silvère de Martignac venait d'arriver. Député de Marmande et ministre d'Etat, ce gascon charmeur maniait si bien la parole, qu'un jour, à la Chambre, Dupont (de l'Eure) lui cria : « Tais-toi, sirène!... » Il était du groupe méridional et avait soutenu le cabinet du toulousain Villèle, contre lequel Barthélemy et Méry écrivirent la *Villéliade :*

Sur les pas des Gascons, les troupes gastronomes
S'avancent gravement en braves gentilshommes.
Leur ventre, qui sur terre est un pesant fardeau,
Les soutient sur le fleuve et leur sert de radeau...

— Mesdames, dit-il après avoir présenté ses excuses et ses hommages; Madame du Cayla, m'a-t-on rapporté, vous a donné une suite du chef-d'œuvre de Gœthe. Je ne suis pas aussi riche, et vous voudrez bien ne point me tenir rigueur si mon héroïne, Mlle Abricotine, est inférieure à Marguerite.

L'ÉVADÉ DE L'AMPHITHÉATRE

*Peintre et grisette. — Départ de Denis « l'Anatomie ».
— Promesse au moribond. — Toute au plaisir. — Les
suites d'un courant d'air. — La vengeance du mort.*

Le dernier mercredi de mars, l'année dernière, Mlle
Abricotine, la plus jolie grisette de Gœttingue, alla
voir son dernier amant, le beau Denis Rapin, qui se
mourait à l'hôpital.

Abricotine faisait un triste métier, mais Marie-Ma-
deleine, sur les traces de laquelle elle marchait, n'en a
pas moins sa place là-haut, car beaucoup aimer est un
titre.

Depuis un mois, à peu près, le malheureux Denis
Rapin, avait quitté son atelier de peinture, et depuis le
même temps, il râlait son dernier souffle, sous les rideaux d'un lit d'hôpital, avec le quart de poumon qui
lui restait.

Les violettes commençaient à pointer dans les bois,
et le pauvre diable s'en allait alors, comme s'en vont
presque tous les phtisiques.

Ç'avait été un bien bel homme, ce Denis. Au temps
où il venait le soir à la brasserie du *Roi de la Bière*,
vider des moos et fumer sa pipe à fourneau de porcelaine; il faisait, par sa haute taille (six pieds, six pouces), l'admiration des buveurs attablés. Les plus grands
cuirassiers blancs de la garnison évitaient de passer à
côté de lui, par crainte d'être distancés d'une longueur
énorme.

Il était d'une maigreur effrayante ! Les muscles qui enveloppaient son corps saillaient tellement sous la peau, que les habitués de la brasserie, ainsi que ses camarades, l'avaient immédiatement baptisé du surnom de Denis l'*Anatomie*.

Mélancolique et doux, il était très aimé de ceux qui le fréquentaient, parce que, le sachant irrévocablement condamné par la maladie qui le minait, ils s'efforçaient de le distraire et de chasser l'humeur sombre qui l'envahissait lorsque les brouillards du fleuve le faisaient haleter comme un cerf rendu.

Artiste médiocre, mais travailleur, Denis ne connut la misère que lorsque le mal dont il souffrait depuis longtemps, lui fit tomber le pinceau des doigts.

Abricotine, la belle Abricotine avait eu comme amis presque tout le corps des officiers de la garnison de Gœttingue.

Un soir, elle était rentrée fort tard sous le toit du dragon bleu, chez lequel elle avait élu domicile. Celui-ci, n'aimant pas veiller aussi tard, exécuta sur sa peau une brillante charge à la cravache. Finalement, cinglée et larmoyante, elle fut jetée à la porte.

La grisette ne pouvait décemment dormir à la belle étoile, si constellée que fut cette nuit-là. Elle alla donc demander l'hospitalité écossaise à son ancien voisin Denis, qui, jadis, lui avait fait un doigt de cour en lui empruntant du feu sur l'escalier.

Cette liaison de hasard, ce mariage de bohême, avait eu lieu le printemps précédent. Denis était amoureux fou de sa petite Abricotine. Cette blondinette aux yeux de pervenche avait accroché dans sa mansarde un véritable rayon de soleil.

Le lendemain même, il l'avait présentée à la brasserie du *Roi de la Bière*, comme étant Mme Denis, sa femme.

L'Anatomie, vous devez le penser, n'était guère le fait de la jolie fille. Mais le proverbe dit : faute de grives on mange des merles, et Abricotine sans argent, sans toilette, sans logement, s'était attachée au pauvre garçon, comme le naufragé après l'épave. Une fois tirée des brisants, elle comptait bien abandonner sa bouée de sauvetage, pour grimper à l'abordage d'une barque plus digne d'elle.

Et puis, Denis avait quelques économies. Elles représentaient une robe de velours, un pardessus de soie, des dentelles, et une toque hongroise à aigrette de héron.

Après les grandes réceptions, et les mécomptes fâcheux qu'elle avait eus dans ses amours, elle prenait son temps pour se choisir un autre protecteur.

Mlle Aurélie, une belle brune, fort remarquée au *Roi de la Bière*, ancienne camarade d'atelier d'Abricotine, rencontra cette dernière, plusieurs mois après le commencement de sa liaison avec Denis. Elle lui parla d'un certain Fritz, ami intime de son ancien amant. Ce Fritz se mourant d'amour pour elle, était tout disposé à faire les plus grosses folies, si elle parvenait à quitter son agonisant et à venir passer une quinzaine aux eaux de Spa.

Certes, la proposition arrivait d'une façon on ne peut plus opportune ; car il ne restait pas un seul louis dans la commode de l'Anatomie. La solvabilité du jeune et charmant Fritz étant suffisamment établie, on prit rendez-vous pour faire connaissance.

Depuis plus de quinze jours, Denis n'avait pas quitté sa chaise de cuir. Entre ses pinceaux accrochés contre la muraille, les araignées filaient leur canevas.

C'est la crise des premiers froids, ta rente annuelle ! lui disaient ses amis en pressant ses doigts de squelette. Que veux-tu, mon pauvre Denis, il faut payer ; bois tes médicaments, en attendant, les pieds sur les chenets, le beau soleil de mai. Ne t'inquiète pas, nous reviendrons souvent.

Etant au bas de l'escalier, ils murmuraient :

— C'est le commencement de la fin.

Ce pauvre Denis l'aimait tant, qu'en quittant la brune Aurélie, Abricotine retourna toute songeuse chez le peintre, elle se demandait comment elle allait faire pour emporter ses effets chez son amie, sans provoquer une scène navrante de désespoir.

Pourtant le malheureux devait bien sentir qu'il faudrait en venir là.

Elle avait déjà passé tant de fois par le défilé des brutalités et se savait si bien armée d'impudence résolue et de cynisme placide, qu'elle se serait sentie très forte, contre les éclats d'une colère jalouse, contre des coups même. Ici, ce n'était pas cela qui l'attendait, c'étaient les larmes silencieuses d'un malade, les sanglots d'un mourant, étouffés par une toux sinistre : toux si sourde et si profonde, qu'elle semblait monter d'une tombe.

Un groupe de commères occupées à causer avec animation se tenait justement devant la porte, lorsqu'elle arriva.

— Voici la perle ! Elle vient bien à propos, fit l'une.

— Mademoiselle Abricotine, lui dit assez sèchement une autre, M. Denis est parti en me chargeant de vous remettre la clé de sa chambre, la voici.

La grisette fut stupéfaite. D'ordinaire, pour passer d'un pièce à l'autre, Denis était obligé de suivre la muraille afin de ne point tomber... Denis était sorti ! lui !

Au fait, ce n'était pas un obstiné; il avait dû comprendre par avance qu'il faudrait se quitter. Il avait fait le pas... Brave garçon... va !

Elle monta rapidement les degrés de l'escalier, et, la porte ouverte, se précipita dans la pièce. Celle-ci était déserte, et la vieille chaise de cuir renversée avec ses oreillers de crin, tendait désespérément ses pieds, comme un blessé qui implore du secours.

Sur la cheminée se trouvait une enveloppe. Abricotine en rompit brusquement le cachet et lut ce qui suit :

« Ma chère bien-aimée,

« Je viens de me faire transporter à l'hôpital où mon ami Boisglave avait obtenu, hier, un lit pour moi.

« Ma pauvre chérie, je n'ai pas voulu plus longtemps te donner le spectacle de mon agonie, ni les embarras du jour que tu sais, et qui est bien proch..

« Dans le but de chercher à t'aider, j'ai fait vendre ma montre, et tous mes habits dont je n'aurai plus besoin, mais je n'étais guère élégant, tu le sais, et ma montre était bien vieille. Le tout n'a donc produit qu'une centaine de francs. Tu les trouveras sous le buste de Lagardère (un gaillard solide, celui-là, qui avait des poumons d'acier !)

« Le loyer est payé, tu peux donc rester à la maison.

« Tu es adroite et tu as du goût ; si tu le veux, tu peux te tirer d'embarras sans rien devoir à personne. Voudras-tu ?... Essaye de rentrer chez ton ancienne maîtresse, mais si par malheur tu ne trouvais pas de travail, va voir mes amis Boisglave et Gunther, ceux-là ne te laisseront pas dans la misère, ce sont de bons garçons.

« Viens me voir le plus tôt possible; chez le concierge de l'hôpital, il y a une carte d'entrée pour toi.

« Ton ami qui t'aimera toujours autant, jusqu'à sa fin peu éloignée.

« Denis Rapin ».

Quelques jours après, tout contre le lit du malade, dont la voix n'était plus qu'un murmure des lèvres, Abricotine, assise dans un grand fauteuil, rêvait au brillant Fritz.

Denis, le pauvre diable, avait encore la gloriole de ses derniers louis. Il semblait heureux de voir sa maîtresse si bien habillée. De sa longue main, plus blanche que la toile de ses draps, il caressait le satin cramoisi du corsage, qui dessinait à merveille la splendide et ferme poitrine de la grisette. Ses yeux, dilatés par cette expression de stupeur étonnée du regard des mourants, s'éclairaient en ce moment d'une lueur douce et tendre.

Il souriait de plaisir en pensant que l'argent de sa montre et de ses hardes avait fait un sauvetage moral.

C'est, qu'en effet, Abricotine s'était immédiatement mise à travailler pour la confect on et vivait en recluse; Boisglave et Gunther l'avaient affirmé au malade.

Le lendemain même de la rentrée de Denis à l'hôpital, Fritz était parti subitement pour Francfort, au reçu de la nouvelle que son père était gravement malade.

Voilà la raison pour laquelle Abricotine était si sage.

Quinze jours après, Mlle Aurélie recevait une lettre encadrée de noir : c'était de Fritz.

Il lui apprenait la mort de son père et la conclusion des affaires de successions. Il comptait se trouver à Gœttingue le surlendemain au soir.

Il la priait aussi de remettre à la belle Abricotine un superbe bracelet, qu'il expédiait en même temps qu'un anneau pour la jolie entremetteuse, et de prendre rendez-vous avec elle.

Par le même courrier, Fritz envoyait également une boîte d'instruments de chirurgie à son ami dom Palombo Mireil. En la recevant, celui-ci se fit une fête de pouvoir découper, bientôt, les sujets qu'il préparait.

Dom Palombo était prosecteur, c'est ainsi qu'on nomme les détaillants de chair humaine.

Abricotine, au chevet du mourant, rêvait à ce rendez-vous que venait de lui proposer Aurélie.

Le charmant Fritz devait arriver ce soir-là.

C'était sa troisième visite à Denis. En toute conscience, ces trois séances valaient bien les quelques billets légués par l'Anatomie. Elle comptait ne point revenir à l'hôpital. A distraire ce malade, pouvait-elle achever de compromettre son avenir ? D'ailleurs, on peut prendre la fièvre dans ces grandes diablesses de salles où l'on respire une odeur de cataplasme et de tisane, odeur qui vous reste pendant deux heures dans les narines.

Comme elle se levait pour partir, Denis se dressa sur un coude et lui dit :

— Les malades, ma petite Abricotine, ont parfois des fantaisies d'enfant dis, veux-tu me faire grand plaisir ?... Nous sommes au printemps, c'est le temps où les petites fleurs des champs s'épanouissent : va demain avec Boiglave et Gunther me cueillir un bouquet de pâquerettes et de boutons d'or, dans la clairière du Daim, là où nous avons fait de si bonnes parties l'été dernier. Apportez-le moi. Il me semble qu'en posant ces fleurs près de ma bouche, je respirerai pendant quelques minutes comme en pleine campagne, et c'est si bon de respirer !... Je veux emporter avec moi, un souvenir de toi, un souvenir que je serai bien certain de conserver, puisqu'il n'aura aucune valeur.

Sans l'écouter, la belle fille songeait avec joie que le lendemain elle aurait bien autre chose à faire qu'à aller cueillir des boutons d'or et des pâquerettes dans la prairie du Daim.

Denis reprit d'une voix suppliante :

— Je t'en prie, ma Tine, ne me refuse pas.

— Ma foi, puisque tu y tiens tant, je te promets de t'apporter demain ton bouquet.

— Tu es bonne! merci! merci! fit le malade dont la tête fatiguée retomba lourdement sur l'oreiller.

— Adieu ! Denis, à demain, reprit Abricotine, en reposant sur le lit la main moite qui serrait ses doigts et lui semblait lourde comme un boulet.

— A demain, répondit le malade, d'une voix profonde. J'attendrai ton bouquet pour m'en aller !... Tu sais, chérie, il ne faut pas mentir à un mourant, cela porte malheur !

La grisette frissonna de terreur à ces derniers mots, ils avaient passé entre les lèvres de l'Anatomie comme un râle.

L'interne de service l'attendait à la porte :

— Mademoiselle, lui dit-il, j'ai entendu, par hasard, ce que vous disait votre ami. Apportez-lui son bouquet demain, dans la matinée, n'y manquez pas !... Il vous a promis d'attendre jusque-là; il est homme à le faire. Mais ne remettez pas votre visite à l'après-midi, parce que je vous l'affirme, moi, vous trouveriez les rideaux tirés.

*
* *

Quatre jours s'étaient écoulés depuis la dernière visite d'Abricotine à l'hôpital.

L'Anatomie n'avait pas reçu son bouquet de fleurs des champs et à l'heure précise, minute pour minute, où le charmant Fritz posait ses moustaches blondes sur la blonde chevelure de la grisette, l'interne de service faisait glisser sur leurs tringles les rideaux du lit du phtisique.

Denis ne toussait plus !

. . . .

Les gourmets, amateurs de belles pièces, se rendent au marché dès l'aube, pour inspecter les ouïes d'un turbot bien épais, peser un lièvre, ou souffler la plume d'une caille, pour juger la couleur de sa graisse.

Dom Palombo Mireil, portugais d'origine et par profession, directeur du musée d'anatomie de Gœttingue, était de ces amateurs-là, seulement, il faisait son marché à l'hôpital pour les vitrines de son musée...

Parlons de ce musée.

Dom Palombo Mireil habitait sous les combles, dans une vieille maison située près de l'hôpital. Son appartement se composait de deux chambres et d'une cuisine qui tenait lieu de laboratoire. Il logeait dans la plus petite de ces chambres. La seconde, éclairée comme un atelier par un large vitrail percé dans le toit, servait de salle de dissection. Là, il préparait les pièces d'anatomie destinées au musée.

Ce matin-là, il arriva de bonne heure à l'hôpital.

Jamais, dans tout le cours de sa vie, il n'avait rencontré un plus admirable sujet que le pauvre Denis. Grande taille, pas plus de graisse que sur une latte. Il allait en faire une pièce de myologie, c'est-à-dire un spécimen servant à l'étude des muscles.

Par chance pour lui, Boisglave et Gunther arrivèrent une heure trop tard et ne purent réclamer le corps de leur ami.

Ce brave Portugais n'était point paresseux, soixante minutes plus tôt il avait fait porter chez lui les restes du phtisique et, comme les scalpels de la boîte à Fritz coupaient à ravir, il avait déjà fait belle besogne.

Les deux peintres se retirèrent donc consternés, tels deux témoins qui sont venus pour arranger une affaire et sont tombés sur un capitaine « coupé en quatre ».

Dom Palombo Mireil travaillait dans sa cuisine-laboratoire, quand la brune Aurélie entra dans sa chambre.

Il préparait un certain liquide pour injecter son sujet, de manière à le conserver. Cette manipulation chimique l'absorbait tellement que la brune Aurélie fut obligée de le tirer par la manche de sa blouse afin de lui faire sentir sa présence.

— Nous soupons ce soir, lui dit-elle, avec Fritz et Abricotine, nous viendrons te trouver ici et l'on décidera alors quel est le restaurant qui nous possédera.

— Parfait ! belle enfant, répliqua Palombo; mais en attendant, chère et luxuriante maîtresse, comme je ne puis quitter mon travail pour les devis d'amour, je te prie, ange de mes rêves, d'aller voir ailleurs si j'y suis.

Aurélie était une bonne fille, elle éclata de rire et, lui donnant un gros baiser sur la joue, tourna les talons.

Comme elle passait devant la porte de la chambre-amphithéâtre, dom Palombo Mireil planta une chaise de paille sous une petite fenêtre percée à six pieds du sol et ouvrant sur cette chambre.

— J'ai toujours voulu, lui dit-il, récompenser la vertu! Tu aimes les jolis garçons, n'est-ce pas ? Or, moi, je ne suis pas jaloux. Bien que t'adorant follement, je veux t'en montrer un superbe, avant de te laisser disparaître... Allons ! grimpe ! et regarde par cette lucarne.

Il la prit par la taille et la hissa sur la chaise.

Aurélie avança curieusement la tête contre les vitres; mais elle sauta aussitôt à terre en criant avec effroi :

— Oh ! quelle horreur !

— *Ergo !* conclut dom Palombo, la beauté ne consiste que dans l'enveloppe, puisqu'un magnifique cavalier dégagé de sa peau est une horreur.

Aurélie avait alors la mine d'une passagère qui vient de « piquer des renards », ou de « compter des chemises », pour parler comme les gens de mer.

Il faisait déjà nuit noire quand Abricotine, en grande toilette, se présenta chez dom Palombo Mireil.

La grisette croyait que l'on devait se réunir à la brasserie du *Roi de la Bière*, mais ne voyant rien venir, elle s'était décidée à se rendre chez le Directeur du musée d'anatomie, pensant qu'il avait été retenu par un travait urgent. Le fait, d'ailleurs n'avait en lui rien d'anormal, dom Palombo aimant assez à se faire attendre.

Or, il y avait eu un malentendu, car pendant qu'elle enrageait d'impatience à la brasserie, ses trois amis, après l'avoir attendue fort longtemps dans la mansarde de la maison attenant à l'hôpital, étaient enfin sortis ensemble, allant la relancer jusqu'à son hôtel.

Espérant trouver sur la table de Dom Palombo un mot laissé à son intention, Abricotine prit, chez le concierge, la clé de la mansarde.

La table était encombrée de verres vides, d'un bougeoir et d'une boîte d'allumettes.

Abricotine alluma la chandelle et se mit à fureter partout.

Une clé restait à la serrure de la seconde chambre, la chambre d'exposition; le billet pouvait s'y trouver.

Abricotine fit jouer la serrure et tira la porte à elle. Celle-ci, poussée par un violent courant d'air froid provenant de l'intérieur, s'ouvrit brusquement, en éteignant la chandelle. Le contre courant qui soufflait de l'escalier, lui rejetant à toute volée le battant sur le dos, l'envoya se heurter contre une table de marbre.

Instinctivement, elle étendit ses bras en avant, et ses mains vinrent se plaquer sur un corps humide, visqueux, glacial...

Un cri d'horreur et d'agonie sortit de sa poitrine... puis on entendit un bruit sourd, le bruit d'un corps tombant sur les dalles.

A travers tout un escadron de nuages qui couraient échevelés dans le ciel, la lune pâlotte se montrait parfois, faisant des trouées lumineuses d'une vert foncé.

Depuis plus de deux heures, les feux et les lumières de Gœttingue étaient éteintes.

Au loin, le Danube clapotait sourdement contre ses rives, et poussé par un vent d'aval, grondait furieusement en passant entre les pilotis d'un vieux pont.

Sur l'herbe de la clairière du Daim, une buée blanchâtre et floconneuse commençait à se déposer. Les aboiements lointains d'un chien de garde traversaient seuls le bruissement des feuilles et des branches secouées par la rafale.

Tout à coup, vers le milieu de la nuit, des branches mortes craquèrent dans le fourré et deux ombres, émergeant soudain de la voûte de la forêt, apparurent dans le cercle lumineux de la clairière.

C'était d'abord un grand corps, ou plutôt une sorte de long squelette d'un rouge carminé, zébré de bandes bleues et de points nacrés qui reluisaient à chaque mouvement qu'il faisait. Les morceaux rouges, plus larges et plus saillants, semblaient recouverts d'un vernis laqué.

Derrière lui, il tirait, ou pour mieux dire il traînait une autre ombre, toute petite celle-là, et qui ressemblait à une femme.

En effet, c'était bien une femme et en élégante toilette de soirée encore.

Le grand corps rouge, dégingandé comme un Gilles, se baissait de temps à autre et cherchait quelque chose dans l'herbe, puis il remettait ce quelque chose à sa compagne de promenade nocturne.

C'était Denis, l'Anatomie, supérieurement écorché par dom Palombo Mircil. Il cueillait un bouquet de pâquerettes et de boutons d'or à la gentille Abricotine, sa maîtresse; ce bouquet qu'il avait tant désiré et attendu jusqu'à son suprême soupir.

A un moment, ses membres frissonnèrent au souffle mordant de la brise.

Il interrompit sa cueillette et, essaya d'endosser le vêtement qu'il portait sur son bras gauche. Ce vêtement n'était autre que sa propre peau. Mais le tissu rétractile était devenu trop étroit et trop court, il ne put s'en faire qu'un manteau flottant, en nouant les deux bras à son cou, à la façon de la peau de Nessus, lion de Némée, sur les épaules d'Hercule.

Cette opération laborieuse terminée, l'Anatomie recommença à traîner la pauvre fille sur les genoux et à fouiller dans l'herbe.

De sa main gauche, il serrait le beau bras nu de la grisette et de sa droite, il détachait les fleurs des champs une à une pour les remettre une à une entre les doigts de sa compagne.

En la touchant, chacune de ces fleurs lui donnait une commotion électrique.

A chacune de ces fleurs arrachées par la mort, une ride se creusait sur sa joue, une mèche de ses cheveux blanchissait, où une perle de sa bouche de chatte noircissait.

A la dernière marguerite, elle poussa un cri; au dernier bouton d'or, elle tomba sur son dos.

Alors, les rayons de la lune, perçant la troupe tumultueuse de nuages, vinrent éclairer la face hideusement ratatinée d'un horrible vieille, face repoussante à voir.

Une minute toute entière, le grand corps rouge la contempla, puis il essaya de pousser un cri de triomphe, qui se traduisit par un gloussement inarticulé de muet.

Le pauvre Anatomie ne pouvait plus parler, en le jetant sur la table de l'amphithéâtre, un infirmier maladroit lui avait décroché la mâchoire.

A reculons, il se retira sous le couvert et quelques pas plus loin, s'accrochant le talon dans une racine à fleur de terre, il fut précipité dans une profonde ravine.

A l'aube, des petits braconniers, en venant relever leurs collets, trouvèrent Abricotine étendue, sans connaissance, sur le sol. Mais bientôt, reprenant ses sens, elle se mit à gambader en éclatant de rire et en éparpillant, tout autour d'elle, les pâquerettes et les boutons d'or, qu'elle tenait à la main.

Elle était folle, elle était vieille.

Quand on l'amena devant le magistrat chargé par le suffrage de ses concitoyens de faire respecter les lois à Gœttingue, celui-ci pensa avoir à faire à quelque vieille douairière, échappée de son manoir avec les habits de sa petite fille.

La vieille portait, en effet, un pardessus de satin, des bottines fines et, sur sa toque hongroise, se balançait une aigrette.

Malgré toutes les recherches qui furent faites pour constater son identité, on n'aboutit à rien. La malheureuse, au bout d'un mois, fut dirigée sur l'asile des aliénés de Munster.

Quelques jour après, la note suivante s'étalait dans les colonnes de la gazette médicale de Gœttingue.

« Hier matin, le garde-chasse du comte de Blutaupt a retiré d'un ravin, situé non loin de la clairière du Daim, le corps d'un homme complètement écorché et portant sa peau nouée autour du cou.

« On ne saurait s'arrêter à la pensée d'un crime qui, s'il avait été commis, dépasserait ce que l'imagination peut rêver de plus horrible.

« Nous préférons donc croire que c'est une farce lugubre et une funèbre plaisanterie de messieurs les étudiants à l'académie de médecine de notre ville.

« Ces jeunes gens sont gais d'une façon sinistre.

« Quoi qu'il en soit, les autorités ont immédiatement ordonné une enquête des plus sévères. Le corps a été transporté au dépôt mortuaire ».

Le lendemain, les étudiants de Gœttingue, envoyaient à la gazette médicale une réponse fulminante.

En même temps, Dom Palombo Mireil était révoqué de ses fonctions de directeur du musée anatomique, parce qu'il n'avait pu retrouver un sujet qui lui avait été confié, ni même justifier de son emploi.

Le même jour voyait aussi la fugue ❁ la brune Aurélie avec le charmant Fritz, et le dix-huitième congrès de la jeunesse galante de Gœttingue à la brasserie du *Roi de la Bière*, le congrès avait pour objet la disparition fantastique de la belle Abricotine.

FIN

Le Feu qui sauve

par

FÉLIX LÉONNEC

I

— Quel temps de chien! Chaque fois que ce sacré vent Ouest-Nord-Ouest souffle sur l'île, il y a du naufrage dans l'air.

Penfoul, le premier gardien du phare de Créac'h, situé au Sud-Ouest de l'île d'Ouessant, à côté de la pointe de Pern, venait de descendre de la lanterne. Il en avait minutieusement visité la machinerie lumineuse, et exposait ainsi son opinion à son camarade Cauvain, attentivement occupé à gréer réglementairement un trois-mâts goélette en miniature, dont la coque élancée était déjà peinte en bleu et blanc.

Sans lever la tête Cauvain répondit avec un fort accent méridional :

— Bah! mon vieux Penfoul, il ne faut pas trop s'en faire, le Créac'h n'a jamais si bien éclairé, ses éclats puissants révèlent, à vingt milles en mer, les récifs dangereux de notre île et font un peu mentir le vieux dicton, cher à tes compatriotes superstitieux :

> *Qui voit Ouessant,*
> *Voit son sang!*

— Ne plaisante pas, Cauvain, tu es comme moi ancien marin, comme moi tu as essuyé des tempêtes en mer et, comme moi, tu n'ignores pas que tout bateau, aussi solide soit-il, est à la merci des éléments. Dans mon pessimisme je ne pense pas à l'outil, proprement dit, je pense à ceux qui le font manœuvrer. Que d'existences a déjà englouties la mangeuse d'hommes, il y aurait de quoi peupler tout un monde nouveau. Que de naufrages sur l'immensité des mers, que de veuves, que d'orphelins, que de vieux parents en larmes. Hélas! notre île en a fait plus que sa part et notre cimetière de Lan-Pol contient les pauvres dépouilles de multiples malheureux, dont on ignorera toujours le nom.

— Penfoul, tu n'es pas gai ce soir, je crois fort que le vent Ouest-Nord-Ouest t'a apporté le cafard.

— Que veux-tu, je pense à nos petites, surtout à Mlle Anne, si impressionnable, car sa sœur Monique est un vrai loup de mer; mais elle, la pauvre enfant, est d'une extrême nervosité et quand le vent souffle en tempête, comme ce soir, elle est hantée par le souvenir de la mort tragique de son père.

— C'est vrai, le commandant Rétif a péri avec son croiseur là-bas, dans les mers de Chine, et le typhon qui les a engloutis comme un fétu de paille, n'était certainement pas plus terrible que nos tempêtes d'Ouessant. Tu as raison, Penfoul, je ne suis qu'un satané bavard et, maintenant, je maudis ce satané chien de temps qui fait de la peine à notre petite demoiselle Anne. Demain j'irai lui porter ce trois-mâts que j'ai baptisé *La duchesse Anne* et elle dira en battant des mains : « Merci, mon brave Cauvain, encore une unité de plus dans ma flotte! »

Mais Penfoul ne pouvait parvenir à se dérider, il marchait de long en large dans la salle de veille du phare, en proie à une vague inquiétude; enfin, n'y tenant plus, il prit un vêtement ciré, pendu au mur, et, tout en le revêtant dit à son compagnon :

(A suivre)

IMP. RAMLOT ET Cⁱᵉ, 52, AVENUE DU MAINE. — PARIS